ベリーズ文庫

次期家元は無垢な許嫁が愛しくてたまらない

若菜モモ

STARTS
スターツ出版株式会社

目次

プロローグ

平安絵巻が描かれた金屏風《きんびょうぶ》の前に、瑠璃色が印象的な藤垣焼《ふじがきやき》という、子供がすっぽり入ってしまいそうな壺《つぼ》がふたつ置かれ、色鮮やかな花と湾曲した枝や木が活《い》けられている。すべてが見事に融合し、見る者の心を奪っていた。

その豪奢《ごうしゃ》ないけばなの隣に、濃い灰色の色紋付を着た若い男性と、黒羽二重五つ紋付の白髪の老人が立ち、ふたりは握手をしている。

身長百八十センチ超えの立派な体躯《たいく》の若い男性は、老若男女問わず魅了する笑みを浮かべ、彼より二十センチほど背が低い白髪の老人は、彼らを見守っている藤垣茉莉《まり》花《か》が今まで見たことがないくらい誇らしげな表情をしていた。

主役に向けられたカメラのフラッシュが、無数にたかれる。

（お祖父《じい》ちゃん、こんなにたくさんのフラッシュで気分が悪くならないかな……）

孫である茉莉花は祖父の表情から体調を確認しようと、二重の大きな目を皿のようにする。

なんといっても、今日は人間国宝・藤垣新右衛門《しんえもん》が焼いた花器に、東京に拠点を置く鳳花流《ほうかりゅう》の若き家元・宝来伊蕗《ほうらいいぶき》が織り成すいけばなの世界を描き出した展示会だ。

メディアに一度も出たことのない藤垣新右衛門の登場と、鳳花流の家元かつ有能な実業家でもある伊蕗の共演は話題性たっぷりで、マスコミの人数を制限しなければならないほどだった。

心配そうに祖父を見つめていた茉莉花は、ふと視線を感じた。祖父の隣に立つ伊蕗が、茉莉花を力強い黒い瞳で見ていた。

彼女はニコッと、伊蕗に笑いかける。茉莉花を見つめていた伊蕗の顔が途端に変わった。口元を緩ませ、甘さのある表情になったのだ。

なかなか見られないその顔を撮ろうと、カメラのシャッターを切る音とフラッシュが激しくなった。

祖父の体調を心配していた茉莉花だが、自分のほうがフラッシュで眩暈《めまい》を覚え、胃がざわざわし始める。

今日の茉莉花はいけばなの展示会に相応《ふさわ》しいように、淡い桃色の訪問着を着ていた。京都西陣織の帯の柄は、白地に松竹梅が描かれためでたいものだ。胸の辺りまである黒髪は美しく結われており、梅の髪飾りが挿されている。

伊蕗と茉莉花は、四年前に婚約していた。

茉莉花は宝来家に嫁ぐ身で、花嫁修業と称し、週一回の作法などのお稽古で小紋などの着物を着ており、帯で締めつけられていることに慣れてはいる。呼吸が乱れてくるのは無数にたかれるフラッシュのせいだろう。

「お兄さまったら、茉莉花さんと目が合ったそばからデレッとしちゃって」

茉莉花の隣で淡水色《うすみずいろ》の訪問着で立っているのは、宝来香苗《かなえ》だ。伊蕗の妹で、二十二歳の茉莉花より三歳上の二十五歳。伊蕗は三十二歳で、茉莉花とは十歳離れている。

香苗の嫌みのないブラウンに染めた髪は、尖《とが》った顎の位置で切り揃《そろ》えられており、目は猫のようにセクシーで可愛《かわい》い。細く高い鼻梁《びりょう》は伊蕗と同じで、コケティッシュな雰囲気を持った女性だ。

茉莉花と香苗は、伊蕗がオーナーである明治神宮前《めいじじんぐうまえ》駅近くのマンションの一室に、一緒に住んでいる。

四年前に婚約しているふたりだが、頻繁に会い始めたのは茉莉花が地元・石川県の女子大を卒業し、東京に出てきてからだ。まだ二ヵ月も経っていない。

女子大を卒業後、すぐに結婚式を挙げるように、新右衛門や伊蕗の母・道子《みちこ》などに勧められた茉莉花だが、社会勉強をしつつ、お互いを知る期間にしたいと申し出た。

茉莉花が慣れない東京で困らないように、香苗と一緒に住むという条件で、伊蕗は賛成した。

結婚式は、来年五月に予定をしている。

「やっぱりお兄さまは早く結婚したかったんじゃないかしら」

「そ、そうでしょうか……」

茉莉花は華奢な首を傾《かし》げる。

(香苗さんと一緒に住む条件は出されたけれど、伊蕗さんはすぐにでも結婚したいっていう感じではなかったと思う)

「茉莉花さんったら、男心がわかってないのね。亡くなったお祖父さまと一緒に、お兄さまが四年前に金沢《かなざわ》まで旧友の窯元を訪ねたとき、孫の茉莉花さんにひと目惚《ぼ》れしたのよ？」

香苗は四年も前の話を持ち出し、思い出したように目尻を下げ、クスッと笑った。

晴れ晴れとした表情の新右衛門と、愛する伊蕗。ふたりの姿に茉莉花も満足げに笑みを漏らした。

第一章

茉莉花が伊蕗に初めて出会ったのは、香苗が言った通り、四年前の二月。鳳花流の家元である祖父の付き添いで、伊蕗は茉莉花の家へ現れた。伊蕗の祖父と一緒に、旧友であった人間国宝の茉莉花の祖父を訪ねてやってきたのだ。

初めて伊蕗に会ったときのことは、鮮明に覚えている。

キャメル色の暖かそうなカシミヤのロングコートを着た伊蕗は、火の入っていない大きな半円形の窯の前にたたずんでいた。

背が高く、広い肩幅の持ち主に、茉莉花はしばらく見入ってしまう。後ろ姿なのに、自信たっぷりのオーラをまとった人だった。

そのときは、その男性が誰なのか、茉莉花にはわからなかった。

(誰なんだろう……?　でも、窯場にいるってことは、お祖父ちゃんの了承を得ているよね……?)

男性が立っているのは、ちゃんと屋根のあるところだが、雪が舞う外は相当寒い。茉莉花のほうも、頭にも顔にも黒のコートにも雪が当たって寒い。しかし、男性は考え事をしているのか、声をかけたら邪魔をしてしまいそうな雰囲気で、声を出せなかった。

「あれ？　姉ちゃん！」

窯の横からひょこっと現れたのは、茉莉花の二歳下の弟・智也《ともや》だった。

智也の声で、茉莉花が声をかけられなかった男性が振り返った。そのときに受けた衝撃は忘れられない。

男性と目が合った瞬間、雷に打たれたように心臓がドクンと跳ね、頭からつま先まで震えが走った。

ひと目見たら絶対に記憶に残る人である。整った顔立ちや、大人の雰囲気……その都会的な洗練された姿は、茉莉花の心を激しく揺さぶった。

伊蕗のほうも、突然現れた女子高生に、涼しげな目を大きくさせている。

「伊蕗さん、姉ちゃんの茉莉花です。姉ちゃん、何をぼーっとしてるんだよ。ま、無理もないけどな。鳳花流の次期家元の宝来伊蕗さんだよ」

いつも人見知りをする智也が、伊蕗の隣で尊敬の念を抱いているような表情だ。

茉莉花は我に返って、ペコッと頭を下げる。日本の伝統文化である華道で有名な鳳花流の次期家元が目の前におり、恐れ多い気持ちだった。

茉莉花の祖父が鳳花流の家元と旧知の仲で、藤垣焼の花器を使っていただいており、上得意の顧客でもある。

「姉ちゃん？」

智也が不思議そうな顔をして茉莉花を見ている。

「あ、ふ、藤垣茉莉花です」

もう一度ガバッと頭を下げると、伊蕗の口元が緩む。

「伊蕗さんがめちゃくちゃカッコいいから、姉ちゃん緊張してる！」

いつもなら智也の茶化す言葉でケンカになるのだが、今は何も言えない。智也の言うことがもっともで、伊蕗の目をまともに見ることができないのだ。

「君が小さい頃に会っているんだが、覚えていないだろうね。はじめまして。宝来伊蕗です」

ふいに、ピアニストのように繊細で大きな手を差し出され、茉莉花はピンク色の毛糸で編んだ手袋を慌てて取って、伊蕗の手を握る。

（うわ……どうしよう。心臓がドクドク暴れてる……華道家なのに手が荒れていなくてびっくり……）

茉莉花は、都会的で素敵な男性の手に触れたのは初めてだ。

小・中学校は男女共学だったが、現在は女子校。教師でさえ、伊蕗のような洗練されたイケメンはいない。藤垣の弟子に三人の若者はいるが、いつも泥にまみれていて、それこそ雲泥の差。彼らから今のような感じを受けたことはない。

「頬が真っ赤だ。ここは寒いね。家の中へ入ろう」

まるでここが自分の家のように話す伊蕗に、茉莉花は圧倒されていた。

智也が伊蕗を引っ張るように母屋に連れていくのを見ながら、茉莉花は後ろからついていく。

窯場は六百坪ある敷地の奥まったところにあり、平屋造りの母屋の他に、弟子たちの住居も仕事場の横に建てられている。

（次期家元かあ、カッコいいな……）

茉莉花は前を行くふたりを見比べる。智也の頭の位置は、伊蕗の肩のラインくらい。智也は茉莉花よりも五センチは背が高いのだが。

伊蕗は背が高く、襟を立てた上質なコート姿がよく似合い、茉莉花はときめきを覚えた。

周りに伊蕗みたいな男性がおらず、免疫がないせいでもある、と自己分析する。アイドルや俳優に夢中になってしまう、そんな気持ちだった。

引き戸の玄関の前で、伊蕗は後ろから来る茉莉花を待っていた。智也はバタバタと足音をたてて家の中へ入っていく。

すでに伊蕗自身にかかっていた雪は落とされ、彼の横に立ち止まった茉莉花はハンカチを差し出された。

「あ、ありがとうございます」

いつもは手で雪を払っている茉莉花だ。ハンカチを拒絶するのは大人げない気がして受け取り、髪や肩にかかった粉雪を払う。

貸してもらったハンカチは、男らしい爽やかさと甘さのある香りがした。雪を払うたびに茉莉花の鼻孔をくすぐる。

(これが都会の人の香りなのね)

もっと嗅いでいたい気持ちになったが、ハンカチを伊蕗に渡した。

「ありがとうございました。どうぞ中へ入ってください」

三和土《たたき》のほうへ伊蕗を促す。

茉莉花の家は、築百年以上経っている古民家だ。大事に修復して住んでいる。

右手の十二畳の部屋は囲炉裏があり、お客さまをもてなす場所として使われている。

今もそこでみんなが暖を取っているだろう。

靴を脱いだところで、母の佐江子《さえこ》がエプロンで手を拭《ふ》きながら現れた。

「まあ、伊蕗さん。寒いのに智也が連れ出したりして申し訳ありません」

母親のいつもと違うよそ行きの口調に、この人は馴《な》れ馴れしくできない相手なのだと茉莉花は認識する。智也はとても馴れ馴れしかったが。

「いいえ。わたしが見たいと言ったので。貴重な窯場を見せていただき、ありがとうございました」

「とんでもございませんわ」

佐江子はこれ以上ないほどの笑みを浮かべた。

「茉莉花、帰っていたのね。着替えてきなさい。手伝ってほしいの」

手伝いとは、夕食のことだろう。十七時を回っており、右手奥にある台所から食欲をそそるにおいがしている。

先ほど智也が、伊蕗の祖父も来ていると言っていたのを思い出した。

「うん。着替えてくるね。では、失礼します」

茉莉花は伊蕗に頭を下げ、左の廊下を進み、自分の部屋へ向かった。

ドアを開けて、壁際に置かれたベッドにポスンとダイブする。そしてうつ伏せで顔を枕に押しつけ、「きゃーっ！」と足をバタバタさせる。

(都会の人って、みんなあんなにカッコいいのかな？　ますます東京へ行きたくなっちゃった)

すでに進学が決まっている女子大は金沢にある。ここから電車で一時間ほどのところだ。

東京の女子大へ進学を希望していた茉莉花だが、家族全員に反対され、しぶしぶ諦めた経緯がある。それでも東京への憧れは諦めきれない。

(就職は絶対に東京へ行くんだから)

母親の『手伝って』の言葉を思い出し、ベッドから離れてクローゼットを開ける。急いで目当ての服を手にして、制服を脱いだ。

ベージュのハイネックのニットと、茶色と黄色の大きな格子柄のスカートを身につけて、ドレッサーを覗《のぞ》き込む。この古民家に似合わない、白のヨーロピアン風のドレッサーだ。ベッドも茉莉花の希望で、白を基調としたものが置かれている。

高校の校則が厳しくて、茉莉花の髪は染めることなく艶やかな黒色をしている。肩より少し長い黒髪はまっすぐ垂らされており、前髪は眉のラインで揃えられていた。誰が見ても良家の子女といった雰囲気だ。

髪の毛を肩に垂らしたままにしたかったが、料理の手伝いということで、黒ゴムでひとつに結んだ。

清純そのものの茉莉花は、髪を結ぶと途端に子供っぽくなる。伊蕗の前では大人っぽくしていたかったのだが。

台所へ行くと、佐江子と一番若い弟子の石原《いしはら》匡《たくみ》がいた。彼は二十五歳で、弟子入りして三年目だ。

「茉莉花さん、おかえりなさい」

匡は銘々皿に煮物を取り分けている手を止める。

「ただいま、匡さん」

「茉莉花、客間にお布団を敷いてほしいのよ。ふた組ね。押し入れに用意してあるから。匡くんはお酒とその煮物を運んで」

天ぷらを揚げている佐江子は、ふたりを見ずに早口で指示をする。

（客間のお布団……次期家元がうちに泊まる）

明日の朝も、まだここにいるということだ。眉目秀麗の顔を拝めるのは夕食だけだと残念な気持ちになっていた茉莉花には朗報だった。

「お布団、用意してくるね」

茉莉花は台所を出て廊下を進み、窯場が見える客間へ向かう。

藤垣家で一番いいその部屋は、十畳の和室だ。客を迎える回数は少ないが、三年に一度は畳を張り替えており、部屋の上座にある一畳分のピカピカに磨かれた床の間には、新右衛門の最高の出来である壺が飾られている。

客間の前までやってきた茉莉花は、障子の引き戸をガラッと開けた。次の瞬間、絶句して固まる。

伊蕗が白いシャツを着ようと広げたところだった。何よりも驚いたのは、上半身裸だったこと。

茉莉花が突然引き戸を開けたというのに、伊蕗の表情には驚いた様子もない。

「しっ、失礼いたしました！」

一瞬身体がこわばり、固まってしまった茉莉花だが、慌てて謝って引き戸を閉めた。引き戸を背に、茉莉花の心臓は不規則に暴れている。

（ど、どうしよう……。は、裸を……）

目にしたのは一瞬だったが、引きしまった上半身は、なぜか茉莉花の目に焼きついてしまっていた。

胸を両手で押さえて呼吸を落ち着けていると、背後の引き戸が再びガラッと開いた。

申し訳ない表情で振り返る。

伊蕗が楽しそうに口角を上げて、茉莉花を見下ろしていた。

「その分だと、男の裸を見たのは初めて？」

もう一度謝ろうとした茉莉花だが、考えてもみなかった伊蕗の言葉に、「え？」と首を傾げる。

（大人の男性だから、見られることなんて慣れているのかも……）

伊蕗の反応に茉莉花は困惑していた。

「まあ、女子高生だしね。気にすることはない。ところで、どうしたの？」

「……お布団を敷きに」

何をしにここへ来たのか思い出した茉莉花は、「失礼します」と言い、伊蕗の横を通って中へ入る。

十畳の和室の隅に、小さめの旅行カバンとキャリーバッグが置かれていた。

（そういえば、家元も来ているんだっけ）

ひとつがキャリーバッグなのは、家元の着物用だと考えた。

床の間の隣の押し入れを開けて、手際よくマットレスをふた組敷く。近くにいる伊蕗が気にならないと言ったら嘘《うそ》になるが、黙々と手と身体を動かす。

押し入れから、ふかふかの敷布団を抱え込んで振り返ったとき、いつの間にか後ろにいた伊蕗が、それを引き継ごうと持ち上げた。

「大丈夫です。次期家元はお客さまですから」

やんわり断るが、敷布団を持つ手は離されない。

「でも、ここは旅館ではないだろう？」

「そうですが……」

敷布団が間にあるが、思いのほかふたりの距離は近い。憧れに似た気持ちを早々に抱いてしまっていた茉莉花は、恥ずかしくてならない。

「わたしがやりますから」と、敷布団を持つ手に力が入ったと同時に、伊蕗がそれを奪うように自分のほうに引き込んだ。

「きゃっ！」

強く引っ張られて、敷布団に全体重がかかる。伊蕗もそれを受け止めきれず、尻もちをつく形でマットレスの上に倒れた。

「ご、ごめんなさいっ！　すみません！」

青ざめ慌てて退いた茉莉花の耳に、伊蕗の楽しそうな笑い声が聞こえた。

敷布団の下で、笑いを堪《こら》えても堪えきれなかったらしく、茉莉花の困惑を吹き飛ばすかのように愉快そうな笑い声だった。

次期家元に失礼なことをしてしまったが、その様子に茉莉花は愁眉を開く。しかし、マットレスの上に尻もちをついたとはいえ、怪我をしていないか心配にもなる。

「……大丈夫ですか？　お怪我はしていませんか？」

伊蕗の上にのった敷布団を持ち上げて、隣のマットレスの上に置いた。伊蕗の端整な顔は、まだ崩れたままだった。

後ろ手に肘をつき、身体を支えている姿も、ファッション誌から抜け出たようにカッコいい。先ほどは前髪を後ろに流していたが、今は敷布団の衝撃で前髪が落ちていて、大人の色気を感じてしまう茉莉花だ。

「大丈夫。怪我なんてしていないよ。こんなに笑ったことは最近なかったな。それはそうと、君よりも身体の大きな男が手伝うと言っているんだから、素直に任せればいいんだよ」

「でも……」

伊蕗は身軽な所作で立ち上がる。そこに智也が引き戸のところから顔を覗かせた。

「姉ちゃん、遅いと思ったら……」

そこで言葉を切り、ニヤニヤしている。

「へ、変な顔しないでっ。次期家元はお食事へどうぞ。みなさん待っていますよ。智也、ご案内して」

茉莉花は智也に伊蕗を連れていくように頼んだ。

「うん。祖父ちゃんたちが、伊蕗さんはまだかって。だから呼びに来たんだ」

伊蕗はもう一枚の敷布団を押し入れから出して、自分が倒れていたマットレスのほうへ置いた。

「仕方ないな……じゃあ、茉莉花ちゃん、よろしく」

伊蕗の口から、自分の名前が『ちゃん』づけで呼ばれたことに内心驚きながらも、茉莉花は平静を装って「はい」と返事をする。

智也が伊蕗を連れてその場を離れるのを見てから、作業を始めた。

茉莉花の性格は何事もきっちりしなければ済まない性格で、シーツはたるみがないようにビシッと敷く。使う人に気持ちよく寝てほしいからだ。

毛布と上掛けをかけ、枕を置き、ふた組の布団は手際よく敷けた。

隅でガスストーブが安全に動いているか確認してから、部屋を出た。

囲炉裏を囲んで、ひとり用の膳が出され、そこに佐江子が作った料理がところ狭しとのっていた。

中央にかけられた具だくさんの鍋が、ぐつぐつと美味《おい》しそうな湯気を出している。

囲炉裏の周りはふたりずつ並んで座れる。上座に鳳花流の家元と伊蕗。こうして並んでいるのを見ると、顔は似ていない。恰幅《かっぷく》のいい家元は、八十四歳という年齢のわりには背丈があるが、伊蕗はさらにスラリと背が高い。

家元の斜め横に新右衛門と智也。新右衛門は仕事のせいで背中が少し曲がっており、身長は茉莉花と同じくらいである。

伊蕗の斜め前に茉莉花の父・慎一郎《しんいちろう》。その隣に茉莉花が座った。下座の対面は佐江子の席だ。

佐江子は何度も立ち上がり、客をもてなすのに労力を注いでいる。茉莉花も同じように台所を往復して、佐江子を手伝っていた。

家元と新右衛門はかなり前から上等の日本酒を飲み、楽しそうに話が盛り上がっている。顔を赤らめたふたりはずいぶん酔っているようだ。

伊蕗は慎一郎や智也と話しつつ、隣の家元の会話に引き込まれたりもして、落ち着けないだろうな、と茉莉花は舞茸《まいたけ》の天ぷらを口に入れて考えていた。

ふいに伊蕗が茉莉花へ視線を向け、バチッと目と目が合う。そこで茉莉花は自分が頻繁に伊蕗を見ていることに気づく。

（いけない、いけない。イケメンだからって、何度も見たら失礼よね）

そこで伊蕗の着替えのシーンを思い出してしまい、プルプルと頭を左右に振った。着ているベージュのニットのせいか、目の前にある囲炉裏の暖かさのせいか、汗が出てきそうなくらい身体がかあっとなっている。

それが伊蕗のせいだとは、恋をしたことがない茉莉花は気づいていない。

「茉莉花ちゃんはずいぶん大人になったな。美人さんだ」

突然、家元が茉莉花の名前を出し、驚いた彼女は背筋をピンと正す。

孫を褒める家元に、新右衛門は「いやいや、まだまだ子供で」と、まんざらでもない顔をしている。

「茉莉花ちゃん、いくつになった？」

「十八歳です。春から大学生になります」

家元は華道家として威厳のある風貌だが、今は「そうか、そうか」と上機嫌で笑顔が絶えない。

「そういえば、新右衛門よ。茉莉花ちゃんが生まれたとき、年頃になっても双方に相手がいなかったら結婚させようと約束したのを覚えているか？」

重大な話を口にした家元は、周りが驚くのを楽しんで笑い、おちょこの酒をクイッと飲み干す。

（えっ？　それって、伊蕗さんと、ってこと……？）

茉莉花は声も出ないくらい驚いた。

「そんな話もしたなあ」

新右衛門は家元の空になったおちょこに酒を満たす。

「どうだ？　伊蕗。気立てがよくて可愛い茉莉花ちゃんをもらいたくないか？」

「お祖父さま、そういった冗談はこの場の雰囲気を壊しますよ」

伊蕗のほうも寝耳に水といった感じで、やんわりと祖父を窘《たしな》めた。

「いやいや、冗談ではない。こうして見ると、似合いのふたりではないか」

茉莉花の気持ちはまったく聞かれず、困惑している。新右衛門を除き、慎一郎を含め家族は唖然《あぜん》となっていた。

縁結びをしようとする家元に、新右衛門もしだいにその気になってきた。

「茉莉花と十歳違うから、二十八歳か。だが、男前の伊蕗くんなら、恋人のひとりやふたりいるのではないか？」

新右衛門の懸念といったらそれに尽きる。孫が夫に泣かされるようなことがあってはならない。

「現在は恋人もおりませんし、結婚を考えた人も今までいません」

「それが伊蕗の問題なんだ。結婚して鳳花流を継ぐ子供をもうけなくてはな」

家元は畳みかけるように問題を口にした。

二十八歳といえば、結婚を考えることも多い年齢だが、伊蕗は真剣に考えておらず、『このまま結婚しないのでは』と周りの者を心配させていた。

「十歳も離れている男とでは、茉莉花さんが嫌がりますよ」

「姉ちゃんはこの年まで彼氏ができなかったんで、ちょうどいいと思いますよ。伊蕗さん、イケメンだし。さっき部屋でもいい雰囲気だったし」

突如、家元の加勢をしたのは智也だった。

人見知りの智也だが、珍しく伊蕗を気に入っており、そういうことなら姉とくっついてもらいたいと考えたのだ。

「と、智也っ！　誤解させるようなこと言わないでっ」

隣にいたら、握り拳で頭をポカッと叩《たた》いていただろう。

「茉莉花もまんざらではないようだ」

新右衛門は頬を赤らめる茉莉花に満足げだ。

どんどん話が進められてしまいそうで、茉莉花は伊蕗を見る。伊蕗ならしっかり断ってくれると思った。しかし――。

「お祖父さま、わたしは茉莉花さんがよければ構いません。本当のところ、彼女が生まれたときからの許嫁《いいなずけ》だったということですね？」

伊蕗の言葉に、ギョッとして目を見開く。

『俺』と言っていた伊蕗だが、この場では『わたし』になっていた。

（構いません……って……）

大人の男性が、自分のような子供と結婚すると言ったことに困惑する。

それから伊蕗は口を開く。

「茉莉花さんは春から大学生です。大学の期間を交際期間にあてたいのですが、いかがでしょう。どちらも行き来して、お互いを知っていく。もしもその期間にお互いが合わないとなれば、婚約を解消するということで。どうでしょうか？　茉莉花さん」

重鎮たちが見守る中、この場でどうして伊蕗が婚約を了承したのか聞くこともできず、茉莉花はコクッと頷《うなず》いた。

「わ、わたしも伊蕗さんとお付き合いしてみたいです」

茉莉花も話を受けたことで、その場が一気にお祝いムードになり、家元や新右衛門らはますます酒を楽しみ始めた。

その夜、心の整理がつかず、興奮している気持ちを静めようと茉莉花は庭へ出た。

裏起毛つきのスウェットパジャマに絣《かすり》模様のはんてんを着ている。色気どころか田舎《いなか》娘丸出しの姿である。

真夜中になるまで酒の席は終わらず、一時間前にお開きになったところだ。現在は深夜二時近い。夕方は粉雪が舞っていたが、今はすっかり雲がなくなり、満月が顔を出している。

茉莉花は両手を袖の中に入れて、少しオレンジがかった丸い月を見上げていた。吐く息は真っ白で寒いのだが、頭と心の整理にはうってつけだ。

降って湧いたような婚約話を思い出す。夢ではない。あの素敵な大人の伊蕗との婚約が成立したのだ。

(わたしは、本当に婚約したの……？　鳳花流の次期家元という、すごい人と結婚するの？　お祖父ちゃんが嬉《うれ》しそうで、つい流されるように頷いちゃったけど……)

夕方会っただけなのに、茉莉花は伊蕗に惹《ひ》かれていた。それは自覚している。しかし世間知らずの自分が、そのような由緒正しい家に嫁げるのだろうかと不安でもある。

伊蕗が目にしたのは、茉莉花が月を見ているところだった。

満月を仰ぎ見ている姿に、伊蕗は見入った。まさかこんな夜更けに彼女が外に出ているとは思わなかった。

おしゃれとはほど遠いはんてんを羽織った姿の茉莉花だったが、無垢《むく》な横顔に見とれる。

茉莉花はまだ十八歳で幼さの残る顔つきだが、数年後には美しい女性になるだろう。夕方、彼女に会ったときに、伊藤は茉莉花との縁を確信していた。彼女が自分の妻になるに違いない、と。

許嫁の話は以前、家元が酔っぱらったときに聞いていた。今日の口ぶりでは、話していないと思っていたようだが。

茉莉花に初めて会ったのは七年ほど前で、まだランドセルを背負っている子供だった。伊藤が大学生のときだ。そのときはまさか、その子供が自分の許嫁だとは思ってもみなかったが。

（いつまで月を見ている気だ？　風邪をひいてしまうだろうに）

思っているそばから、「クシュンッ」と茉莉花はくしゃみをした。伊藤は彼女のほうへ歩きだす。

突然、砂利を踏む音がして、茉莉花はハッと顔を向けた。

「じ、次期家元っ！　びっくりするじゃないですかっ」

夕方に会ったときのロングコートを着た伊蕗が歩いてきて、心臓が止まるくらい驚いた。

「次期家元って……婚約者だろう？　伊蕗と呼んでもらえないかな？」

「い、伊蕗さん。こんな遅い時間にどうしたんですか？」

茉莉花は寒そうに身体の前で組んだ両手を、袖の中に入れている。

「君こそ、どうしてこんな寒空の下にいるんだ？」

伊蕗は非常識と言わんばかりに口元を歪《ゆが》めた。

「考え事を……」

「ああ……婚約のこと？」

茉莉花は神妙な面持ちでコクッと頷く。

「無理もないが、部屋に戻ったほうがいい。くしゃみをしていたじゃないか。風邪をひく」

「あ、あの、伊蕗さん。本当にわたしと婚約するんですか？」

伊蕗の整った顔をまっすぐに見つめる。勇気を出してちゃんと顔を見られるのは、月夜のおかげかもしれない。

「もちろん。ゆっくり俺を知ってくれればいい」

「……わかりました」

凛《りん》とした表情になって頷いた。これまで男性に惹かれたことがない茉莉花だが、今は不思議と、出会ったときからずっと伊藤のことを考えている。

（これから四年間の婚約期間があるんだから、伊藤さんを知ればいい。合わなかったときには反故《ほご》にできるのだから）

「では戻ろう。明日は……いや、もう今日だな。七時の新幹線なんだ」

並んで玄関に向かっていた茉莉花の足が止まる。

「そんな早い時間に……」

がっかりしている自分がいた。

「ここを出るのも早いから、お別れをしておこう。連絡するよ。おやすみ」

伊藤はヒンヤリと冷たい茉莉花の頭に手を置いてポンポンと撫《な》でると、玄関の引き戸を静かに開けた。

こうして伊藤と茉莉花は、祖父たちの昔の会話から婚約に至った。

ふたりのやり取りは、週一回ペースでメールをするぐらいだった。電話となると、多忙な伊藤に遠慮し、なかなかできない茉莉花だった。

次にふたりが会ったのは、清々《すがすが》しい五月晴れの大安の日だった。その日、伊蕗と茉莉花は両家が見守る中、正式に婚約することになっていた。

東京の赤坂《あかさか》にある宝来家の屋敷を初めて訪れた茉莉花は、想像以上の豪壮さに圧倒された。

都会なのに千坪あるという敷地に驚くばかりだ。華道の家元だけあって、屋敷は和風の造りで、手入れが行き届いた庭園が風光明媚《ふうこうめいび》である。この場所だけ、世界が違うように感じられる。

驚愕《きょうがく》していたのは茉莉花だけではない。新右衛門を除く家族全員が、宝来家の豪華さに恐れをなすほどだった。

茉莉花は赤く綺麗《きれい》に塗られた口をポカンと開く。

(ここに嫁ぐの……？　あまりに身分が違いすぎるのでは……)

昨晩、金沢から北陸新幹線で上京し、赤坂の最高級ホテルに泊まって、早々と成人式用に仕立てた総絞りの振袖を着た茉莉花は、宝来家の門を一歩入り、目の前に広がる景色に背筋をさらにピンとさせた。

目利きの新右衛門が仕立ててくれた総絞りの振袖は、深みのある赤に金通しの生地で、ボタンや千手菊、桜などが刺繍《ししゅう》された百花繚乱《ひゃっかりょうらん》の見事なものだ。

この振袖ならば結納に見劣りしないだろうと自信はあったものの、一気に気後れしてきた。

門に入ったところから屋敷の屋根瓦が少しだけしか見えないということも、敷地の広さを感じさせる。

屋敷へ続く玉砂利の道の両側には、きちんと刈られた植木が並び、奥のほうに赤い欄干らしきものも微《かす》かに見える。

宝来家がよこした迎えの車は、五人を降ろして去っていった。

智也は初めて乗る高級外車に興奮し、茉莉花と向かい合わせに座って、車内をスマホで撮るというおのぼりさん全開だった。

金沢から用意してきた結納品や手土産《てみやげ》などは、到着を待っていたお手伝いの女性ふたりが抱えるようにして持っている。

見事な景色に茉莉花が呆気《あっけ》に取られているところへ、黒羽二重五つ紋付姿の伊蕗が現れた。着物姿も堂に入っており、よく似合っている。さすが幼い頃から着物に慣れ親しんでいる次期家元なだけある。

彼は新右衛門や茉莉花の両親に笑顔で挨拶をする。

あの夜から、伊蕗に会うのは約三ヵ月ぶりだ。メールや電話のやり取りもあったが、伊蕗は多忙で、今回の結納の詳細などは、近衛《このえ》樹《いつき》という男性秘書が詳細を封書で送ってきた。

赤坂の最高級ホテルも、着つけやリムジンも伊蕗のほうで手配し、この結納にかかる費用すべてを宝来家が支払うと知らされ、『全額支払わせるわけにはいかない』と、新右衛門はのちほど家元と話をすると言っていた。

新右衛門たちとの挨拶を終えた伊蕗は、少し後ろに立つ茉莉花に近づく。

「茉莉花さん、総絞りの振袖がよく似合っている。とても綺麗だ」

人がいる前では、伊蕗は『ちゃん』ではなく『さん』づけをする。茉莉花はそれが距離を置いているような気がして嫌だった。

「ありがとうございます」

静かに頭を下げると、結い上げた黒髪に挿した花のかんざしがシャランと揺れる。

会うのは二回目の婚約者に、緊張していた。

（やっぱりカッコいいな……。すべてを兼ね備えた人なのに、結婚を考える相手がいなかったの……？）

伊蕗のことを少しでも知りたいと思った茉莉花は、鳳花流の次期家元をネットで検索した。鳳花流のサイトには伊蕗の紹介文が書かれてあったが、もちろん私生活は載っていなかった。だから、想像以上に裕福すぎる伊蕗に戸惑ってもいる。

「さあ、行きましょう。案内します」

ふいにスラリと美しい手を差し出されて、茉莉花は目をパチクリさせた。

「どうぞ手を。エスコートさせていただきます」

両親などがそばにおり、恥ずかしい茉莉花だが、伊蕗の手を握った。

どこからか写真を撮るシャッター音がして、伊蕗を見上げる。問いかけるような茉莉花の視線に、彼は微笑《ほほえ》みを浮かべる。

「今日は記念日なので、写真家を呼んだんです」

「そ、そうでしたか……」

結納は指輪を交換するくらいだろうと思っていた茉莉花には、予想外のことだった。

きっと今日は驚かされっぱなしだろうと、そろりと歩きながら考えた。

茉莉花のゆっくりの歩調に、伊蕗は合わせてくれている。慣れない着物ではサクサク歩くことができないのは、わかっているのだろう。

五分ほど歩いただろうか。美しいたたずまいの武家屋敷のような玄関の前に来た。

そこはまだ引き戸の門だ。その奥に屋敷の玄関がある。

「都内なのに、とても広い敷地なんですね」

こんなに驚かされるのなら、ここへ来訪したことのある祖父に、少しでも様子を聞いておけばよかったと思う。

数年後、ここに住むのかと考えると、恐れ多い気持ちに襲われる。住んでいる自分が想像できない。

「先祖代々の土地だからね。ここを守っていくのは使命だと思っている」

伊藤の諦めにも似た笑みに、茉莉花の胸が痛んだ。

(何不自由ない、水準の高い生活をしている伊藤さんの肩にも、跡継ぎの重責がかかっている……)

伊藤の仕事を直接手伝うことはできないが、精神面で安心できるように助力できたらと、ふと思った。

玄関の前で、抹茶色の紋付姿の道子と、水色の訪問着を着た香苗が待っていた。

「茉莉花さん、母の道子と妹の香苗です。香苗は茉莉花さんより三歳上です」

「藤垣茉莉花と申します。はじめまして。よろしくお願いします」

茉莉花は出迎えてくれたふたりに頭を深く下げる。

続いて新右衛門や両親も挨拶し、屋敷の中へ通された。

スーツを着た智也を除き、全員が着物で明るい和室に揃った。庭園が望める和室に、鹿威《ししおど》しの音が規則的に聴こえてくる。

床の間に毛氈《もうせん》が敷かれ、両家の結納品が置かれていた。正式な九品目である。

仲人を立てておらず、本来なら男性側の父親の挨拶から始まるのだが、家元が代理だ。伊蕗の父親は五年前に病気で鬼籍の人になっていた。存命していれば、次期家元は父親だった。

しきたり通りに、結納は滞りなく進んでいく。

茉莉花の左手の薬指に、大きなダイヤモンドのエンゲージリングが伊蕗によってはめられた。高価すぎて普段はつけていられないものだ。

茉莉花の緊張は解けることがないが、隣の伊蕗はリラックスした様子で、時折気遣うような視線を向けられる。

(こんな盛大な結納までして、婚約破棄となったら大変……)

会って二回目。これから愛されるかわからない不安もあった。

「茉莉花さん、カメラに笑って」

伊蕗の声に、ハッと我に返った茉莉花は、写真家からカメラを向けられていることに気づく。

急いで取り繕うように、笑顔をカメラに向けた。

祝宴が始まり、家元と新右衛門は、このよき日がめでたいと上機嫌で酒を酌み交わしている。本当に気の合うふたりである。

「茉莉花さん、これからは大学がお休みのときは遠慮なく遊びにいらしてね」

伊蕗の母・道子が、優しい笑みを茉莉花に向ける。六十歳近いが、肌は艶があり、若く見える美しい人だ。人間国宝の孫である茉莉花なら、由緒正しい宝来家の嫁として相応しいと喜んでいる。

「ありがとうございます」

「いろいろと覚えることもあるから。そうねぇ、月一回はこちらへ来てお勉強なさることも必要だわね」

道子に言われて初めて、この家の嫁になるには勉強が必要なのだと知った。

華道家の妻なら、いけばなができなければ世間の笑い者になるだろう。それどころか、少し活けられるくらいではダメだ。笑われないレベルの腕前にならなければ。

「母さん、彼女は大学で忙しいんだ。卒業してからでいい」

伊蕗は母親にきっぱり言いきった。

「あら。婚約期間の四年間でも短いのよ？」

「道子」

呼んだのは家元だ。

「急ぐことはない。茉莉花さんは賢い娘さんだ。伊蕗に任せればいい」

「わかりました。お義父《とう》さまがそうおっしゃるのなら安心ですわ」

にっこりと茉莉花に微笑みを浮かべる道子だ。

いじめようとか、悪気があって勧めたのではない。茉莉花が何もできなければ、道子のせいになるのだ。しかし家元がそう言うのであれば、道子の気も楽になる。

「茉莉花さん、気にしないように」

伊蕗に戸惑いの目を向け、茉莉花はコクッと頷いた。

有名な和食料理店が用意した豪勢な食事がなかなか喉を通っていかない茉莉花を、伊蕗が庭へと誘う。

写真家がついてこようとしたが、伊蕗が断り、ふたりだけで庭へ出た。

ゆっくり歩いて、錦鯉《にしきごい》が泳ぐ池にかけられた赤い欄干の橋まで来て、立ち止まる。

「あの、伊蕗さん」

伊蕗の黒い瞳が、問いかけるように茉莉花を見つめる。

「高校卒業と大学入学のときに、お花とプレゼントをありがとうございました」

高校卒業の日は両腕でも抱えきれない花束と、可愛らしい花の形になった真珠のネックレスを。大学入学のときは同じく、誰もがため息をつきそうなほどの美しい花束と、大学生の間で人気のブランドバッグが送られてきた。

「いや。大事な日に会って渡せずに申し訳ないと思っている」

茉莉花は頭を左右に振ると、手にしていた着物用のバッグを開けて、用意していた伊藤へのプレゼントを取り出した。

「五月一日がお誕生日でしたよね？　たくさん持っていらっしゃると思ったのですが、何を贈ればいいのかわからなくて……」

黒の包み紙に金色のリボンがかけられた細長い箱を、伊藤に手渡す。

彼は双眸《そうぼう》を大きくし、それを受け取った。

「開けていいかい？」

「はい」

茉莉花に聞いてから、リボンを取って包装紙をはがした。箱を開けた中に、モスグリーンの万年筆がある。万年筆の種類がたくさんありすぎて、悩んだ末に選んだのが、この万年筆だった。イニシャルも入れてもらっている。

「気を使わせたね。ありがとう。とても素敵な万年筆だ。これからは書類にサインをするときはこれを使おう」

伊蕗が気に入ってくれたようで、茉莉花はホッと安堵《あんど》の笑みを浮かべる。彼との距離が少し縮まった気がした。

そのとき、池で錦鯉がぴしゃんと跳ね、身を乗り出すように欄干から見下ろす。

「すごいっ！　こんなにたくさんの錦鯉を見たのは初めてです。優雅ですね～」

池の中を泳ぎ回る美しい錦鯉に喜んでいる茉莉花に、伊蕗は微笑む。

「エサを持ってくればよかった。食べる姿を見たら、優雅だとは言っていられない」

平均して六十センチほどある錦鯉がエサを食べるときの口の開き方は、グロテスクかもしれないと伊蕗は教えてくれた。

「これからは、茉莉花と呼んでもいいかい？」

「もちろんです」

「今夜、ふたりきりで食事をしよう」

茉莉花は家族と共に、明日の日曜日に金沢へ帰る。

「ふたりきりで……初めてのデートですね」

「ああ。茉莉花の行きたいところへ連れていく。どこへ行きたいか考えておいて」

「はい！　東京は二回しか来たことがなくて。でも行きたいところは今すぐ言えます」

思いがけなく出かけられることになって嬉しい。

「どこへ行きたいんだい？」

「浅草《あさくさ》へ」

そう言った瞬間、伊藹がしばし沈黙した気がする。

「あっ！　今、おのぼりさんだと思いましたよね？」

「いや、思っていないよ。意外な場所だったから驚いたんだ」

「遠いですか？」

立地がよくわからず、首を傾けて伊藹を見る。

「そんなことはない。浅草へ行こう。ラフな格好で待っていて。ホテルのロビーに十八時に」

伊藹は愛らしい茉莉花に口元が緩む。

この四年間、東京と金沢との遠距離恋愛だ。多忙を極める伊藹だが、茉莉花を不安にさせないためにも、ふたりで会える時間を無駄にしたくない気持ちだった。

第二章

滞りなく無事に結納が終わり、日曜日に金沢へ戻った翌日の月曜日。茉莉花が大学の食堂でお弁当を食べていると、中学校からずっと一緒である親友の内村佳加《うちむらよしか》がやってきて隣に座る。

茉莉花は文学部の国際文化学科で、佳加は経営情報学部の情報ビジネス学科に在籍している。

彼女は、茉莉花がなんでも話せる数少ない友人だ。

「茉莉花、早いね！」

大学に入学してからカラーリングされた佳加の髪は、セミロングでふんわりと肩に下ろされている。高校生の頃とは違って、グッと大人びた印象だ。

「うん。休講になって」

「月曜日のその時間って、木下《きのした》教授だったよね？　よく休講しない？」

佳加はイラッとした口調だ。それから茉莉花の隣に座り、自宅から持ってきたお弁当を広げる。

「入学してから、これで三回目かな」

「ま、月曜日のお昼前にゆっくりできるんだから、茉莉花が羨ましいんだけどね」

彼女は眩《まぶ》しそうに目を細める。

窓際の席にふたりは座っているが、カフェのような一面ガラス張りの窓で、今日みたいな晴天のときは日が当たりすぎて暑いくらいだ。

「ねっ、茉莉花。土曜日の結納の話が聞きたい！　東京へ行ってきたんでしょ」

佳加はねだるような目で、ニコッと笑う。婚約の話を聞いていた彼女は、その先の話も聞きたかった。

お弁当の蓋を開けたものの、手をつけずに期待の眼差《まなざ》しを向けている佳加だ。

ほぼ食べ終わっている茉莉花は、最後のプチトマトを口に入れてから咀嚼《そしゃく》し、ペットボトルのお茶を飲んだ。

「行ってきたよ。もう何もかもがすごすぎて、本当にわたしはあの家に嫁ぐのかなって……。なんか他人事みたいな感じなの」

日差しで温まったテーブルに顔を伏せ、おでこをコツンと当てる。

「そんなにすごいの？　わたしにしてみたら、人間国宝を祖父に持つ人が何を言ってるのって感じなんだけど」

「宝来家は、うちとは全然違うわ。うちはお祖父ちゃんがすごい人ってだけだもん」

作品は何千万円という価値のものもあるようだが、新右衛門は気に入った顧客にしか売らないことで、陶芸界では有名だ。

だから、家が裕福とはいえない。しかし、こうして奨学金などを利用せずに、何不自由なく大学に通わせてもらっていることは幸せだと思っている。

佳加にせがまれ、茉莉花は結納の話をした。話を聞き終わった佳加は両手を頬に当てて、大きなため息を漏らす。

「世界が本当、違うね。屋敷の敷地内に大きな池があるって。しかも錦鯉ってめちゃくちゃ高いんでしょ？　茉莉花、伊蕗さんってイケメンなの？」

「うん。写真見せるね」

結納のとき、智也がスマホで撮った写真を送ってもらっており、それを茉莉花は佳加に見せる。エンゲージリングをもらい、伊蕗と茉莉花が並んでいるところを撮ったものだ。

スマホの写真を覗き込んだ佳加は、びっくりしたように絶句する。それから我に返って、絶叫した。

「佳加っ、シーッ！　叫びすぎだよ」

茉莉花は周りの学生に、「すみません」と頭を下げた。

「ごめん。でもそれくらい衝撃的だったんだから。本当、腰を抜かすくらいびっくりした。こんなに素敵な人が、周りの意見で結婚を決めたの？　不思議なんだけど」

「まだ結婚するって決まってないよ。結納はしたけど、性格が合わなかったら破談にできる約束だから」

「茉莉花っ！」

佳加は茉莉花の両手をギュッと握って、真剣な顔つきで見つめる。

「な、何？」

「絶対に逃がしちゃダメだからね！　そんなことをしたらもったいない。この先、彼以上の人なんて出てきやしないよ」

相当伊蕗を気に入ってしまったようだ。顔が無駄にいいからだろうか。

「わたしが破談にしなくても、伊蕗さんもできるんだから、わからないよ」

茉莉花は結納後の初デートを思い出しながら話し始める。

＊　＊　＊

運転手つきの洗練された高級外車で迎えに来た伊蕗は、茉莉花の希望通りに浅草へ連れていってくれた。

自分でも運転はするが、頻繁に仕事の電話が入るため、よほどのプライベートでない限り、運転手に任せているという。

(わたしとのデートは、よほどのプライベートじゃない……?)

そんなことを考えてしまった茉莉花の気持ちを読んだように、伊蕗は言葉を続ける。

「今日は運転よりも、茉莉花に集中したかった」

そう言ったそばから、伊蕗はポケットに手を入れてスマホを取り出し、画面を見ている。

そして「失礼」と言って電話に出た。

(乗り込んで数分で電話がかかってくるんだから、先が思いやられるかも……)

その懸念は現実になり、浅草へ到着するまでの約二十分間、電話はほぼ途切れることなく鳴っていた。

ようやくすべての電話が終わり、伊蕗は茉莉花に申し訳なさそうな瞳を向ける。

「すまなかったね。問題が起こって、電話に出なくてはならなかったんだ」

「いいえ……」

茉莉花は首を横に振る。

確かに、聞こえた会話では、伊蕗が少しイラついて指示を出しているようだった。問題が起こってしまったのなら仕方ない。

「あの、伊蕗さん。わたしのことはいいので、お仕事をしてください」

車窓から、道路の向こうに見たことのある雷門《かみなりもん》が目に留まった。

「ここで降ろしてください。ひとりで大丈夫です」

伊蕗が自分に気を使って、降りろと言えないのではないかと思ったのだ。

ふいに、茉莉花が膝に置いていた両手が、伊蕗に握られる。

その瞬間、茉莉花の心臓がトクンと跳ねた。見つめてくる黒い瞳を、恥ずかしくて直視できなくなりそうだ。

「茉莉花。俺に気を使わないでほしい」

「いえ、気を使っているのは伊蕗さんのほうです。わたし、こう見えても行動力はあるので、平気です」

「君はとても可愛い人だね。優しいし、奥ゆかしいところもあって、行動力もある。最高の婚約者だ」

（えっ？　か、可愛いっ……？　最高の婚約者っ？）

脈略もなくサラッと言われて、キョトンとする茉莉花だ。

「もう用件は済んだから。浅草を案内するよ」

伊蕗が車から降りると、茉莉花側のドアが外側から開いた。運転手が開けたのだ。

「ありがとうございます」

茉莉花は年配の運転手にお礼を言って、車から降りた。


ふたりは横断歩道を渡って、雷門の前へ立った。

時刻は十八時三十分になろうとしているが、有名な観光地は、まだまだ人がごった返している。

茉莉花は雷門の赤い大提灯《だいちょうちん》に圧倒される。

「いつ見ても存在感がありますね」

「浅草の象徴だからね」

黒羽二重五つ紋付から、紺色のジャケットと白いTシャツにデニムというカジュアルな格好になった伊蕗も、目を見張るくらい素敵だった。

歩いている若い女性から、茉莉花の母くらいの年齢の女性までが、伊蕗を振り返って見ていく。

（身長もあるし顔がいいから、どんな服装でも似合うんだ）

茉莉花も振袖を脱いで、ブラウンの膝丈のワンピースに黄色のカーディガンを身につけていた。結っていた髪の毛は、先ほどシャワーを浴びて乾かしたまま肩に垂らしている。

仲見世《なかみせ》通りを歩き始めると、前が見えないくらいの人混みで、伊蕗とはぐれそうになる。

（あっ！）

人に押され、よろけそうになった。そのとき、伊蕗が振り返り、茉莉花の手をしっかり掴《つか》んだ。

グイッと伊蕗のほうへ引き寄せられ、茉莉花の背中に腕が回る。

「大丈夫かい？　突き飛ばされなかった？」

そう聞く伊蕗の顔がとても近くて、茉莉花の頬に熱が集中してくる。

「は、はい。ぼんやりしていたらダメですね」

茉莉花は人波に流されかけて、ばつが悪い思いをし、背中に手を置かれて抱き寄せられているのも恥ずかしい。

「こうしていれば、はぐれずに済む」

伊蕗は茉莉花の手を恋人繋《つな》ぎでしっかり握った。大きな手に包み込まれ、守られている感覚に、胸がキュンとなる。

伊蕗は慣れているのだろう。恋人繋ぎをされて胸を高鳴らせてしまった茉莉花だが、彼にそのような様子は見られない。

伊蕗の端整な顔に笑みが浮かび、ふたりは歩きだした。

＊＊＊

「で、夕食はどこで食べたの？」

佳加が興味深そうに目を輝かせて聞く。ずっと話していて喉が渇いた茉莉花は、お茶をひと口飲んで潤した。

「もんじゃ焼きのお店よ」

目尻を下げてにっこり笑う。

「もんじゃ～？　何それ？　お金持ちなら、豪勢なフレンチとかじゃないの？」

「わたしが食べたいって言ったの。浅草なら有名な天ぷら屋さんとか、極上の牛肉を食べさせてくれるすき焼きのお店があるけれど、わたしが食べたかったのはもんじゃだったの。伊蕗さんも驚いていたけど……」

初デートにしては少し子供っぽく、全然おしゃれじゃなかったことは後悔している。服に、もんじゃ焼きのにおいが染みついてしまったりもして、伊蕗は内心嫌だったのでは？と、あとになって考えた。

伊蕗も、もんじゃ焼きは初めてだった。店の女将《おかみ》が土手を作るところから、鉄板にもんじゃの汁で作られるおせんべいができるまですべてやってくれて、美味しく食べられた。

だが、そんな夕食を、セレブな伊蕗が楽しめたのか……。

「もんじゃ焼きはとっても美味しかったよ。またすぐにでも食べたいくらいに」

「だけど……って顔しているね？」

佳加は茉莉花の気持ちを読み取って、首を傾げる。

「子供すぎたかなって。あれだけイケメンで、常に注目を浴びている人なんだから、女の人が放っておかないよね？　きっと、過去には恋人はいたはずで……」

「まあね。十歳違うんだっけ？　彼女なんてたくさんいたんじゃない？　かたや、初めて男の人と付き合うんだから。経験値が違うわよ」

佳加にサラッと言ってのけられ、茉莉花はまた落ち込む。

「だよね……」

「でもいいんじゃないの？　結婚したら、大人ぶって取り繕ってばかりはいられないよ。疲れちゃう」

佳加は落ち込んでいる茉莉花の肩を、励ますようにポンポンと叩く。

「きっと、つまらない子だなって思われた……」

ガバッと顔を上げた茉莉花は、大きなため息を漏らした。

「恋愛に関しては、実際お子ちゃまだもんね。茉莉花は」

からかうように言った佳加は、お弁当の卵焼きを口に放り込む。

「だから……キスもしてくれなかったんだ……」

「えっ⁉　んっ⁉　ゴホッ、ゴホッ！」

ボソッと呟《つぶや》くように言った茉莉花の告白に、口に入れた卵焼きを吹き飛ばしそうになった。

「佳加っ、大丈夫っ⁉」

激しく咳《せ》き込む佳加の背中を、茉莉花は慌ててさする。

「ちょっと。いきなり何言うのよっ！　キ、キスって……！」

佳加は最後のほうは小声で窘めた。

口にしてしまってから、茉莉花は自己嫌悪に陥る。色白の顔が真っ赤だ。手で顔を覆って、落ち着きを取り戻そうと必死になる。

「そうか、そうか。茉莉花ちゃんは、イケメンの次期家元にキスされたかったのね～」

恥ずかしがる茉莉花が可愛いと、ニヤニヤしながら佳加は茶化す。

「で、そんな素振りもまったくなかったの？　甘いムードにならなかった？」

「うん……そもそも、甘いムードなんてよくわからないし……」

瞳を潤ませた茉莉花は、女の佳加から見てもとても可愛い。色白の肌と艶やかな黒髪は美しく、クリッとした目と、ぷっくりした唇も愛らしい。

しかし、理想が高いのと、ガードが堅いせいで、今まで彼氏ができたことはない。

結婚を約束しているのに、茉莉花にキスひとつしなかった伊蕗の自制心が半端ないと、佳加は感心した。『男なんてオオカミだ』が彼女の持論である。

「伊蕗さん、我慢したんだと思うよ。初デートで驚かせたくなかったんじゃない？」

佳加に励まされ、だいぶ気持ちの整理ができたところで、次の講義が始まる五分前になっていた。

ふたりは「またね」と言い合い、別の教室へ向かった。

大学の長い夏休みは、家族との思い出作りも大切だと、ハワイへ母娘だけの旅行をしたり、全員で北海道へ行ったりと、茉莉花は忙しく過ごした。

伊蕗も多忙で、全国各地へ出張し、イギリスとフランスで開く華道展の準備で会う時間がなかった。

年を取り、身体の自由が利かなくなってきた家元の代わりである次期家元の伊蕗の肩に、かなりの重圧がかかっている。

茉莉花は伊蕗の予定を聞いて、今年の夏は家族で過ごすことを決めたのだが、ゆっくりとふたりの時間が取れないのは寂しかった。ふたりは結納の日から、いまだ会えずにいた。

大学がもうすぐ始まる九月の初旬。伊蕗が茉莉花に会いに来ることになった。前日の連絡で、突然のことに茉莉花は驚いたと同時に嬉しかった。

結納のときに写真家に撮ってもらったものが立派なアルバムになり、最近はそれを見てばかりだった。

久しぶりに会えると喜んだが、伊蕗のスケジュールは一日しか空いておらず、夜には帰る予定だ。

ふたりは金沢の街で会うことになった。

前夜、ベッドに横になって目を閉じた茉莉花が思ったことは、伊蕗に相応しい大人の対応をしなければ……ということだった。

翌日。金沢駅の改札口に、約束の十五分前に到着した茉莉花は、伊蕗が現れるのを待っていた。

大人っぽく見せようと、白黒の細かいギンガムチェックのAラインワンピースを選んだ。ネックラインはスクエアで、鎖骨が綺麗に見える形だ。

伊蕗に合うような大人の女性になろうと、七センチもある白のピンヒールを履いた。持っているのは、伊蕗が大学入学時にプレゼントしてくれた黒のブランドバッグだ。今までもったいなくて使っておらず、今回が初下ろしになる。

（もうすぐ……）

伊蕗に会えると思うと、心臓がドキドキと高鳴ってくる。三ヵ月間は思ったより長く、また結納のときのように緊張している茉莉花だ。

改札を出たところで、伊蕗の姿を探していた。

（あ！　伊蕗さんっ！）

伊蕗はライトブルーのTシャツで、長い脚にはデニムを穿《は》き、ボタンが外されたコットンの白いベストが都会的な雰囲気を醸し出している。

まだ伊蕗は茉莉花に気づいていないが、改札を出たところで、涼しげな眼差しが動いた。

「伊蕗さん。遠いところ、おつかれさまです」

伊蕗の目の前に立った茉莉花は、高鳴ってしまう鼓動を気にしないようにして、ペコッと頭を下げる。

「茉莉花、久しぶりだね。夏休みは楽しんだ？」

爽やかな笑顔が向けられる。

メールではどんなことでも知ってもらおうと、いろいろ書きたい気持ちもあったが、多忙な伊蕗に遠慮して簡潔な文章にしていた。

「はい。とても大切な時間を過ごせました。あ、華道展が素晴らしかったと、新聞で読みました。ご成功、おめでとうございます」

伊蕗は一昨日、パリから帰国したばかりだ。

鳳花流の次期家元主催のいけばな展は、静と動が見事に調和された素晴らしいもので、海外の人々からも絶賛されていた、と新聞には書かれていた。

「ありがとう。これで一段落ついたよ。あ、どこへ行きたいか決めた？」

「はい。ごく普通のデートプランになってしまいますが……。伊藤さん、疲れてはいないですか？」

華道展の準備で忙しく、現地へ赴いても、伊蕗を招いた企業関係者との会食があったりと、大変だったに違いない。

「疲れていたら、茉莉花に会いに来ないよ。さあ、金沢を案内して」

裏を返せば、実際に疲れていたら会いに来ないのだと、茉莉花の気持ちが沈む。

（ううん。まだわたしたちは愛し合っているわけじゃない。忙しい時間をやりくりして会いに来てくれただけでも、よしとしなきゃ）

そう考えてしまうのは、伊蕗に惹かれているからだろう。

「タクシーで美術館へ行って、それから、ひがし茶屋街《ちゃやがい》でお昼を食べるのはいかがですか？」

伊蕗の仕事柄、美術館が興味深いのではないかと思った茉莉花だ。

「いいね。楽しそうな美術館があると聞いている」

ふたりはタクシー乗り場へ行き、乗車して目的地へ向かった。

ゆっくりと美術館を回り、そこからひがし茶屋街までは徒歩圏内。

二十分もあれば行けるのだが、無理して七センチのピンヒールを履いてきた足が、疲れて痛くなってきていた。新しく下ろしたピンヒールは足に馴染まず、履き口のところも擦れて血が滲《にじ》んできている。

いつもは大抵、三センチヒールのパンプスや、スニーカーを愛用している茉莉花だ。

（いたた……おしゃれって、痛みを伴うんだね……）

二十分も歩くのは大変だが、『痛い』『疲れた』と言ってしまったら、今の心地いい空気感が損なわれてしまいそうで我慢した。

「ここからひがし茶屋街まで、どのくらいで行けるかな？」

「歩いて二十分くらいです」

「移動時間がもったいないか。タクシーで行こう」

茉莉花にとっては願ったり叶《かな》ったりだ。伊蕗ににっこりと笑みを向ける。

「はいっ」

伊蕗は、ちょうどやってきたタクシーを停めた。

そして、十分もかからずにひがし茶屋街へ着き、さっそく昼食をとることにした。

美術館で時間をかなり費やしており、時刻は十三時を過ぎている。

重要伝統的建造物群保存地区のひがし茶屋街は、観光客に人気で賑《にぎ》わっていた。

『木虫籠《キムスコ》』と呼ばれる美しい出格子がある、古い街並みだ。

伊蕗とのデートは定番の観光地ばかり巡っているなと、茉莉花はひとりで笑みを漏らす。

しかしタクシーから降りて歩きだした途端、靴擦れが痛い。

どこも混んでいるようなので、ふたりはひがし茶屋街の入口にある老舗《しにせ》洋食店に入った。四人がけのテーブルに案内され、腰を下ろすとホッとする。

(絆創膏《ばんそうこう》も持っていないし……)

茉莉花はオムライスの入ったランチプレートを頼み、何気なく履き口へ視線を落とすと、擦りむけて血が出ていた。

(この近くにドラッグストア、あったかな……)

そのとき、対面に座っていた伊蕗が立ち上がり、茉莉花の足元にひざまずく。

「い、伊蕗さんっ⁉」

茉莉花は驚いて足を引っ込めるが、長い指で足首を掴まれる。

「靴擦れで出血しているじゃないか！」

バレてしまい、ばつが悪くて足を手で隠そうとした。

だが、身体を折ると、伊蕗の顔が間近になってしまい、慌てて頭を後ろに引いた途端、ゴッン！と鈍い音がした。茉莉花の後頭部が壁に当たったのだ。

「大丈夫か⁉」

伊蕗は驚いて立ち上がり、茉莉花の頭の後ろに手をやる。

痛みよりも、ドジをしてしまったことで、茉莉花の顔は『しまった』というように歪む。

（大人びた行動を取ろうとしているのに、かえって失敗ばかりしている……）

情けなくて泣きそうになった。だが、泣くわけにはいかない。余計に、伊蕗に子供だと思われる。

「すみません。おっちょこちょいなんです……」

茉莉花の後頭部を探るようにして触れていた伊蕗の手が離れる。

「こぶはないようだ。すごい音がしたから驚いたよ」

安心した伊蕗は、自分の席に戻った。

「擦れたところも痛むだろう？　言ってくれればよかったんだ」

落ち込みかけている茉莉花は小さく微笑み、頭を左右に振る。

「これくらい大丈夫です。食事が終わったら、ドラッグストアで絆創膏を買って貼ります」

そこへ、頼んだオムライスのランチプレートとスープが運ばれてきた。伊蕗も同じメニューだ。

伊蕗がオムライスを食べるのは意外だった。だが、オーダーするとき、好きだと言っていた。

食の好みが合うのは、これから先、大切なことなのかもしれないと、そのときだけは嬉しかった。

しかし、今日のデートに点数をつけるとすると、三十点にもならないと茉莉花は思っていた。

食事中は、伊蕗に華道展の話をしてもらった。茉莉花は一度もそういったところへ行ったことがないので、話を聞くのも勉強になった。

結局、食事が終わると、このあとのデートプランは取りやめになった。茉莉花はタクシーに乗せられ、伊蕗と共に自宅へ向かう。

ひとりで帰れると言い張ったが、伊蕗は新右衛門や両親に挨拶したいからと、隣に座っている。

(本当のところ、わたしに気を使わせたくないからそう言ったのかな……)

茉莉花の心は複雑だった。

自宅まで三十分間。伊蕗に大学や親友の話題を振られ、佳加の話をする。

(伊蕗さんは、こんなつまらない話、退屈じゃないのかな……)

彼は相槌《あいづち》を打ちながら、時折、佳加とどこで遊ぶのかなど質問をしつつ、楽しそうに聞いてくれていた。

「そうだ。婚約指輪はしていないんだな」

「あ……」

結納以来、あの高価すぎるエンゲージリングは箱に入れて、金庫にしまってもらっていた。

すっかり忘れていた茉莉花だ。しかし、デートのときくらいは身につけるべきだったと考える。

「すみません……高価すぎて、普段はつけていないんです」

正直に話す。

「指輪は、金庫に保管してもらっています……」

しかし、しまいっぱなしだと気を悪くさせてしまいそうで、最後のほうの言葉は尻すぼみになっていった。

「高価すぎる？」

「はい……。なくしてしまいそうで……大事なエンゲージリングですから」

長い脚を組んでいる伊蕗は、タクシーの後部座席では狭そうだ。

「……茉莉花。できれば指輪はつけていてほしいが、もしなくした場合はショックだろう。わかった。別の、気軽に身につけられるエンゲージリングを贈ろう」

「ええっ？　も、もうひとつ……ですか……？」

大きな目がさらに大きくなって、伊蕗を見つめる。

「ああ。君は俺のフィアンセだ。他の男を近づけたくない。そのためにも、牽制《けんせい》が必要だ」

「ほ、他の男って、全然いないです。女子大ですし」

思わぬ伊蕗の独占欲に、茉莉花は慌てて言い訳をした。

「可愛いのに、男から声をかけられたことはない？」

「かわっ⁉」

タクシーの運転手に、ふたりの会話は聞こえているだろう。伊蕗は構わずに恥ずかしいことを言ってのける。言われている茉莉花のほうが恥ずかしくて、顔を真っ赤にさせた。

ポッと顔が火照《ほて》ってきて、エアコンをもう少し強くしてほしいと思ったとき、見慣れた門の前にタクシーが到着した。

そこで、自宅に伊蕗が行くことを伝えていなかった茉莉花は、うっかりしていたと息を呑《の》む。佐江子は伊蕗を迎える準備をしたかったはずだ。

普段はインターホンを押さないが、今日は鳴らして、伊蕗が一緒だということを佐江子に知らせる。

門から玄関まで十メートルほどの距離がある。宝来家の屋敷のような広さであれば、突然の客にも心の準備ができるだろうが、藤垣家は門から玄関まですぐだ。

「茉莉花」

インターホンで話し終えた茉莉花は、伊蕗に呼ばれた。

後ろにいた伊蕗を振り返って、「えっ⁉」と驚く。伊蕗がふいに身体を屈《かが》めて、彼女の膝の後ろに腕を回し、抱き上げたのだ。

「きゃっ！　伊蕗さんっ、下ろしてくださいっ」

いわゆるお姫さま抱っこをされた茉莉花は、慌てて下ろしてもらおうとする。

「シーッ。黙ってて」

実は老舗洋食店を出て、タクシーを拾う通りへ行くまでの間も、伊蕗は茉莉花をお姫さまさながらに抱き上げていた。大勢の人の中でかなり恥ずかしく、茉莉花は顔を伊藹の肩にうずめていた。

「ま、まあ！　伊藹さんっ」

玄関を開けた佐江子は、茉莉花を抱き上げている伊藹に驚きの声を上げた。

「茉莉花、いったい……どうしたの？」

「靴擦れしちゃって……」

顔を赤くして、困惑した顔で佐江子を見る。

「ご無沙汰しております」

佐江子の前で立ち止まった伊藹は、茉莉花を静かに下ろして挨拶した。

「こちらこそ、無沙汰しております。茉莉花がご迷惑をかけてしまって。どうぞお入りください」

佐江子は伊藹を招いて、囲炉裏とは別のソファセットのある居間へ案内した。この時期、エアコンはつけずに窓を開け、網戸だけにしていると、気持ちいい風が入ってくる部屋だ。

伊藹がソファに腰かけたのを見届けた茉莉花は、棚から救急箱を出して、絆創膏を手にする。

靴擦れしたところから出ていた血が固まりつつあり、動くと余計に痛い。

「伊蕗さん、すみません。ちょっと席を外しますね」

佐江子に伊蕗を任せて居間を出ようとしたとき、新右衛門がバタバタとやってきた。藍色の作務衣を着ており、裏の窯場から慌てて来たようだ。

伊蕗は立ち上がり、新右衛門に挨拶している。茉莉花は、今のうちにと洗面所へ向かう。

靴擦れしたところを念入りに洗い、きちんと水気を拭いて絆創膏を貼った。リップが落ちていないか鏡を覗き込んだところで、「きゃっ」と小さく声を上げ、身悶《みもだ》える。お姫さま抱っこをされたのが思い出され、今になってドキドキと心臓が暴れ始めていた。

鏡の中の茉莉花の頬は、ピンクに染まっている。緩む顔を真顔にして、薄いローズ色のリップを唇に塗った。

(わざわざ家に送ってくれるなんて、思わなかったな……)

伊蕗の大人の魅力にどんどん惹かれていく茉莉花だ。しかし、伊蕗のほうはどうなのだろうかと、また不安が押し寄せてくる。

大人っぽくしたのに、再び墓穴を掘ってしまい、茉莉花の口から重いため息が出る。

「茉莉花〜？　何してるの？　早く来なさいよ〜」

佐江子の呼び声に茉莉花はハッとなって、手に握っていたリップをバッグに入れると、居間へ戻った。

そこでは新右衛門の希望で、とっておきの冷えた日本酒を男ふたりで飲み始めていた。まさか伊蕗にお酒を飲ませているとは思わず、呆気に取られた茉莉花は、ひとりがけのソファに座る新右衛門に近づく。

「お祖父ちゃんっ。お酒に付き合わせないでっ」

「茉莉花、いいじゃないか。伊蕗くんは上戸なんだぞ」

確かに、初めてここに伊蕗が現れた日にも、かなりお酒を飲まされていたが、そのあと真夜中に外で会ったときは平然としていた。

伊蕗が相手で、新右衛門は上機嫌だ。茉莉花が窘めているそばから、ガラス製の涼しげなとっくりを手にする。

「伊蕗くん、顔を見られて嬉しいよ。家元の体調はどうかね？」

「この夏が猛暑だったせいか、体調がすぐれないようです。来月、検査入院をさせる予定です」

家元は八十五歳。新右衛門は七十七歳だ。八歳違いだが、ふたりはお互いにとても信頼し、尊敬し合っている仲だ。その孫たちの婚約は、ふたりにとって最高の喜びである。

「そうか……なんでもないといいが」

新右衛門は、しんみりと口にした。

「ええ。わたしたちの結婚式を楽しみにしていますし」

伊蕗は隣に座った茉莉花に笑みを向ける。まだ先のことで、茉莉花は返事に困り、あいまいに頷く。

「四年間と考えると長いが、実際はあっという間だろう。茉莉花はその間に、伊蕗くんの妻として恥ずかしくないように花嫁修業をしなさい」

「はい」

「茉莉花さん、ゆっくりでいいよ。大学の勉強も大変だろう」

伊蕗にそう言ってもらえると、茉莉花としてはのんびり、ゆっくりでいい気持ちになってしまう。

（でも、それじゃいけないんだよね）

「伊蕗さん。わたしにいけばなを教えてください」

「もちろん。東京へ来てくれたときに少しずつ教えよう」

「まあ！　次期家元にご教授してもらえるなんて、茉莉花は幸せ者ね。生徒さんでも師範くらいにならないと、伊藸さんからは教えてもらえないって、先日道子さんがおっしゃっていたわ」

道子さんとは、伊藸の母だ。結納時、佐江子と道子はいろいろ話をしたようだ。

「えっ？　そ、それならわたしは、別の人に教えてもらいます。伊藸さんはお忙しいですし……」

考えてみれば、伊藸は華道家として実力を認められている鳳花流の次期家元。おいそれと教えてもらえる人ではないのだ。まず鳳花流に入門し、師範に教えてもらったほうがいいと茉莉花は考えた。

「何を言っているんだ？　他の者に茉莉花は任せないよ」

伊藸に甘く見つめられて、茉莉花の胸の中にたくさんの蝶《ちょう》がパタパタとはためき、動揺を隠せない。

(伊藸さんは、自分がどれだけ魅力的な笑みを浮かべるのか、わかっているの？)

茉莉花は伊藸の隣にいることに、幸せを感じた。

伊藸は、夕食を食べていってほしいと新右衛門や佐江子に言われたが、明日も朝から忙しいため、「また寄らせていただきます」と断り、呼んだタクシーに乗って帰っていった。華道家であり実業家でもある伊蕗は、人の何倍も多忙である。

ひとりになると、茉莉花はまた自己嫌悪に陥っていた。

今日のデートは、お姫さま抱っこをされたり、想像していたより甘い伊蕗を見られたりしたのは収穫であったが、大人っぽく見せようと、履き慣れないピンヒールで靴擦れをして、迷惑をかけてしまった。

そして、またキスまでいかなかったことに落胆した茉莉花だった。

第三章

それから三ヵ月後。雪が舞い始めた寒い朝。伊蕗の祖父、宝来竹豊《たけとよ》が永眠したと、藤垣家に連絡が入った。

胃癌《いがん》で、検査したときには余命二ヵ月の宣告を受けていた。

家元は誰にも知らせないことを望み、親友であった新右衛門は突然のことに胸を痛め、気落ちした。

新右衛門に心配をかけたくなくて、家元は言わないことを決めたのだ。しかし新右衛門としては知っていたかった。見舞いにも行けず、最後のお別れもできなかったことが何よりショックであり、消沈している。

茉莉花も同じで、優しく笑って話をしてくれた家元の姿が脳裏から離れず、思い出すたびに涙が溢《あふ》れる状態だ。

都内の有名な寺院で、しめやかに行われたお通夜と葬儀に参列し、家元と最後のお別れをした。傷心している伊蕗が心配だった。

喪主は伊蕗が務めていた。親戚も多いが、次期家元になる伊蕗に、生前から家元はあとのことを頼んでいたのだ。

鳳花流の家元は、弔問客三千人以上に見送られた。伊蕗の婚約者として、茉莉花は隣にいるのが当たり前なのだろう。しかし彼の考えで、茉莉花は一般人として弔問させた。まだ学生だし、今回は普通よりも大変な葬儀だということが理由だ。

伊蕗のために少しでも手伝いたかった茉莉花は、そのことが悲しかった。将来の花嫁として認められていない気がしたのだ。

「茉莉花さん、ビールをお願い」

「はい」

黒のワンピースに白い割烹着《かっぽうぎ》を身につけた茉莉花に、メイドがトレーを渡す。

茉莉花はビールの大瓶が五本のったトレーを持って、慎重にキッチンを離れた。

葬儀後、赤坂の屋敷では、親戚や親しい弔問客が家元を偲《しの》んでいる。家族は金沢へ帰ったが、茉莉花は残って手伝うことにした。

伊蕗は三十畳ほどの和室で、親戚や弟子たちの接客をしており、茉莉花は宝来家にいるメイド五人に交じって、キッチンからいそいそと料理や飲み物を運んでいた。

道子は次々にやってくる、葬儀に出られなかった弔問客の接待をしながら、キッチンへ行ってはメイドたちに指示を出している。

茉莉花はいくつも並んでいる長テーブルの上を確認し、ビールがなくなっているところへ丁寧に瓶を置いていった。

「茉莉花さん、ありがとう」

客を接待していた、茉莉花より三歳年上の伊蕗の妹・香苗が言葉をかけた。

「とんでもないです。何か足りないものはありますか?」

香苗は近くのテーブルの上を見渡す。

「今のところは大丈夫だから、少し休んでね」

「はい。では失礼します」

香苗に小さく頭を下げ、茉莉花はキッチンへ戻り、休むことなく、飯台のお寿司やウーロン茶などを何度も運ぶ作業を繰り返した。

「茉莉花さん、お箸は足りているかしら? 一応持っていってくれますか?」

「はい。行ってきます」

五十代のメイドの言葉に、三十膳ほどを持ってキッチンを出た。磨かれたけやきの廊下を数歩進んで、はたと立ち止まる。

(おしぼりも一緒に持っていこう)

キッチンへ引き返す。

戸口へ着いたとき、中にいるメイドたちの会話が聞こえてきた。

「茉莉花さん、いい子よね。さすが家元が気に入っただけのことはあるわ」

「でも若いから、伊蕗さんとは釣り合わないわよ」

聞いてはいけないと思いながらも、自分の話題に困惑して動けない。

「久《く》礼《れ》家のご令嬢が、伊蕗さんには相応しかったのに……」

「美《み》寿《す》々《ず》さんね。着物美人で鳳花流の師範だから、お似合いよね」

メイドの言葉に、茉莉花は心臓をギュッと鷲《わし》掴みにされたような感覚になった。

(久礼家のご令嬢が相応しかった……？　着物美人で鳳花流の師範……)

「まあ、仕方ないわよ。茉莉花さんのことは、家元が有無を言わさず勧めたって聞いたわ。伊蕗さんは家元を気遣っていたから、言う通りにしたんじゃない？」

茉莉花の鼓動は早鐘を打ち始め、呼吸が乱れる。

(何を言っているの……？)

「あなたたち、くだらない話はやめなさい。手を動かして」

メイド頭である近藤《こんどう》圭子《けいこ》が、話をしているメイドたちを諌《いさ》めると、会話が止まった。

茉莉花はキッチンへ入るのが気まずくなり、箸だけを持って客間へ向かった。

(久礼家の令嬢って、伊蕗さんとどんな関係だったの……?)

会話からでは、その女性が伊蕗の恋人だったのかどうかはわからない。

頭の中でたった今聞いたことがグルグルと回り、箸を持つ手が小刻みに震えていた。


空き瓶をトレーの上に置いた茉莉花の後ろから、伊蕗が声をかける。

「茉莉花」

ビクッと肩を跳ねさせた茉莉花は、慌ててトレーを持って立ち上がった。

今日初めて伊蕗と話す喜びはあったが、先ほどのメイドたちの会話に衝撃を受けている彼女は、真顔で彼を見る。すると、伊蕗の眉根が微かに寄せられていた。

(疲れているみたい……)

「伊蕗さん、何かお持ちしましょうか?」

茉莉花は伊蕗の表情を見て心配になる。

(メイドさんたちの会話は気になるけど、今は考えるときじゃない)

伊蕗は茉莉花が抱えるように持っていたトレーを取り上げて、テーブルに戻した。

「おいで。もうここはいいから休もう」

「あっ!」

茉莉花の手を掴むと、その場を離れ、屋敷の奥へ足を進める。

廊下は足元が見えるくらいに明かりが落とされており、一面の窓の向こうは真っ暗。ところどころにあるガーデンライトが、辺りをほんのり照らしている。

いつもならカーテンをメイドが引くところだが、今日はたくさんの客人の対応で忘れられていた。

「い、伊蕗さん。どちらへっ」

屋敷の中は広く、この場に置いていかれたら迷子になりそうだ。まだ茉莉花は、先ほどの客間とキッチン、レストルームの場所しか知らない。

茉莉花の問いかけには答えず、伊蕗はドアを開けて、部屋の中へ彼女を入れた。そこは伊蕗の私室だ。

キングサイズのベッドと、その横に大きなデスクがあっても、まだ余裕のある広い部屋だ。窓の近くに丸いテーブルと、座り心地のよさそうなひとり用のブラウンのソファがあった。その隣には、この純和風の屋敷に似つかわしくない、洋風のドレッシングルームとバスルームが完備してある。

伊蕗はベッドのところまで連れていき、茉莉花の両肩に触れて座らせる。

「わたし、まだお手伝いが……」

仕事をほったらかしにしてきてしまい、メイドたちに悪い印象を与えたくない。

「ずっと動きっぱなしで疲れているはずだ。ここで休んでいて。着替えてくる。そうだ、お腹も空いているだろう？　何か持ってきてもらおう」

デスクの上にある電話の受話器を取って、キッチンへ繋ぐ。

「部屋にいる。茉莉花さんの食事を持ってきてくれ」

『かしこまりました』

電話に出た圭子の返事を聞き、受話器を置いた。

「食事が来るまで、横になって休んでいなさい」

ベッドの端に座り、不安そうに見ていた茉莉花に声をかけて、隣のドレッシングルームへ入った。

ダークブラウンのドアの向こうへ伊蕗が消えると、茉莉花は疲れたため息を漏らし、腕時計へ視線を落とす。

（十九時……。北陸新幹線の最終が二十一時過ぎだから、遅くともあと一時間後にはここを出なきゃ……）

バッグをどこへ置いたか一瞬忘れたが、キッチンの出入口の横にあるのを思い出して、ホッとする。

（バタバタしていたからね……）

屋敷に到着してキッチンへ行くと、メイドから割烹着を渡されて身につけた。後ろのリボンを結び終わった直後に手伝いに入り、荷物のことなどすっかり頭から抜け落ちていたのだ。

伊蕗は正喪服のモーニングコートを脱ぎ、黒のニットとスラックスに着替えて部屋に戻ってくる。茉莉花は先ほどと同じ状態でベッドの端に座っていた。

（可愛いな……。初めての経験だったのに、よくやってくれた）

そんな茉莉花に愛《いと》おしさが募る伊蕗だ。

彼に気づいた茉莉花は、心許なげに小さく微笑む。どうしていいのかわからないといった様子だ。

伊蕗は茉莉花の隣に腰を下ろした。

「伊蕗さん。わたしはあと一時間くらいで失礼させていただきます」

「今夜、金沢へ帰るつもりかい？」

まさか帰るとは思ってもみなかった伊蕗は驚き、涼しげな目を大きくさせる。

「はい。二十一時過ぎの最終に乗れば帰れます」

「こんな遅くに帰せないな。ここに泊まるものと思っていたよ」

茉莉花はコクッと頷く。

「だったら、明日の朝に帰ったほうがいい。今日はここに泊まって。部屋を用意させるから」

「そんな！　迷惑をかけてしまいます！」

メイドたちが自分に親しみを感じていないことがわかっているので、首を横に振る。

そこへドアをノックする音がして、伊蕗が返事をする。圭子が料理をのせたトレーを持って入ってきた。

茉莉花はベッドに座っているのがなんだか気まずくて、立ち上がる。

「失礼いたします」

「ありがとう。圭子さん、そこのテーブルへ」

伊蕗に指示された通り、圭子はトレーを置いた。

「圭子さん。茉莉花さんが泊まる客間の用意を」

客間は伊蕗の部屋の並びにある。

「かしこまりました。すぐに用意いたします」

茉莉花は圭子の仕事を増やしてしまって申し訳なく思い、彼女が横を通ったとき、丁寧に頭を下げた。

圭子が部屋を出ていくと、伊蕗は茉莉花の手を引いて、ひとりがけのソファに座らせる。

「すみません……お手数をおかけしてしまうことになって……」

手伝いとして役に立ったのか。こんなことなら、家族と一緒に金沢へ帰ったほうがよかったのでは?と、うなだれそうになった。

茉莉花の頭に手をやり、伊蕗は静かに撫でる。

「さっきも言ったが、君はよくやってくれた。気が利く女性だよ」

「伊蕗さん……」

褒められて嬉しくないわけはないのだが、頭を優しく撫でられて、子供みたいな気分になる茉莉花だ。

「茉莉花、召し上がれ」

トレーの上には寿司やお吸い物、天ぷら、煮物が用意されていた。弔問客と同じメニューだが、天ぷらと煮物はまだ温かい。

「伊蕗さんもどうぞ」

箸は二膳ある。

「俺は今までつまんでいたから、腹は空いていない。温かいうちに食べて」

「はい。いただきます」

茉莉花は両手を合わせてから、煮物の里芋を口にした。今朝、ホテルで食べてから、今まで何も食べていなかったが、緊張のせいか空腹感はなかった。

上品な甘さの里芋が、優しく胃の中へ入っていき、神経質になっていた気持ちが和らいでいく気がする。

「弔問客の様子を見てくるから、ゆっくりしていて」

伊蕗は疲れた様子もなく、部屋を出ていった。

「ふう〜。家に電話しなきゃ……」

スマホはキッチンへ置いてきたバッグの中にある。

(食べ終わったらトレーを持っていって、バッグを取ってこよう)

黙々と食事を口にしたが、伊蕗の分も用意されていた料理は、お腹がいっぱいになってもまだ残っていた。

二十分ほど経つが、伊蕗はまだ戻ってこない。

(お客さまに捕まっちゃったのかも)

トレーを下げようと思った茉莉花だが、この部屋が屋敷のどの辺かわからない。迷子になってウロウロしたら、また迷惑をかけてしまうと考え、伊蕗を待っていた。

伊蕗は足早に自室へ向かっていた。

(遅くなってしまった)

客間に様子を見に行った伊蕗だが、客に捕まり、なかなか腰を上げられず、一時間が経過していた。

自室の前で立ち止まった彼を、圭子が呼び止める。

「伊蕗さま」

振り返ると、圭子がブラウンの小さめの旅行バッグと、伊蕗が茉莉花の大学入学時にプレゼントしたバッグを持っていた。

「こちらは茉莉花さまのものかと」

「ああ。どちらも茉莉花のバッグだと思う。預かるよ」

「お願いいたします。客間の用意は済んでおります」

伊蕗にふたつのバッグを渡し、圭子は忙しそうに去っていった。

自室のドアを静かにノックし、入室した伊蕗はフッと微笑む。

出ていったときと同じソファに座る茉莉花は、膝を抱え、自分の肩に頭をのせるような格好で寝ていた。ぐっすり眠っており、伊蕗が物音をたててもピクリともしない。

（疲れきっているんだろう。無理もない。家へ連絡を入れたのだろうか？）

バッグを床に置き、隣のドレッシングルームへ入る。ポケットからスマホを取り出して藤垣家に電話をかけた。

葬儀のことでお礼を言ってから、茉莉花が今夜泊まり、明日帰ることを知らせる。

『まあ。ご迷惑をおかけしてしまい――』

「いいえ。茉莉花さんはずいぶん動いてくれました。気が張って疲れている様子です。今日はこのまま寝かせますので」

『はい。どうぞよろしくお願いします』

佐江子が受話器を置くのを聞いてから通話を切り、部屋へ戻る。

「さてと。抱き上げたら起きてしまうだろうか」

茉莉花をそっと抱き上げ、この棟の手前にある客間へ向かった。

室内は暖房で暖まっていた。シングルベッドがふたつ置かれており、ひとつの布団の角がめくられていた。

動かされても起きない茉莉花を静かに横たえる。伊蕗はベッドの端に座り、彼女の背中に腕を回して割烹着の後ろのリボンを解き、脱がせた。

「よく眠っているな」

黒のワンピースが皺《しわ》になるが、脱がせるわけにはいかず、布団をかける。

間接照明をつけ、部屋がほんのりオレンジ色に包まれると、茉莉花の長いまつ毛が頬に影を落とす。無防備な可愛らしさに、ピンク色のふっくらした唇に触れたくなる伊蕗だ。

茉莉花に出会ってから、相当な忍耐強さが身についた、と苦笑いを浮かべる。

会った回数はまだ、今回のことを除いても数えるほど。年が離れた茉莉花は純真そのもので、守ってあげたくなる存在だ。

キスをしたら、その先も欲しくなるだろう。今は茉莉花を真綿のように包み込み、お互いの心が繋がったときに、彼女を愛したいと思っていた。

しかし、無防備に眠る姿に決心が鈍る。

身体を屈めると、ピンク色の唇に軽くキスを落とした。それは柔らかく、離れた伊蕗は自虐的に笑う。

(忍耐がまだまだ足りないな……)

一度触れた唇にまた触れたくなるが、ベッドから離れて踵《きびす》を返した。

部屋に戻った伊蕗は、バーカウンターの冷蔵庫から、ミネラルウォーターのペットボトルと持ち手のあるカップを持つ。

それから茉莉花が眠る部屋に戻る途中、香苗がニヤニヤしながらやってきた。

「お兄さま、何をしているの？　お水とカップなんて持って」

「客間に茉莉花が寝ている」

「どうしてお兄さまの部屋で寝かせないの？　あのベッドなら、余裕すぎると思うけど？　あ、茉莉花さんが可愛すぎて、手を出したくなっちゃうから？」

伊蕗は右手に持っていたカップを、ペットボトルを持っている左手に移動させ、空いた右手でおもむろに香苗の鼻をつまむ。

「んんーっ」

香苗は伊蕗の右手を引き離す。もちろん強い力でつまんでいたわけではないので、難なく離れた。

「妄想力がありすぎだぞ」

「だって、庇護欲《ひごよく》ありすぎのお兄さまがおもしろくて」

にっこり笑って続ける。

「お祖父さまは、素敵な縁結びをしてくれたと思うの。誰がなんと言おうとね。わたしは茉莉花さんの味方よ」

「お前も早く寝ろ」

伊蕗はそっけなく言い、茉莉花の眠る部屋へ入った。

翌朝。茉莉花はハッとなって目を開けたと同時に、ガバッと起き上がる。

「い、伊蕗さんっ！」

向こう側のベッドに腰かけている伊蕗がいた。モスグリーンのシャツとデニム姿で、爽やかな笑みを浮かべている。

「おはよう」

「お、おはようございます……わたし……」

昨晩のことを思い出して、ガクッと肩を落とす。

「眠ってしまってすみません。起こしてくれれば……」

(ここは伊蕗さんの部屋じゃないから、客間だよね。運ばれたのに、起きなかったって！)

寝顔を見られてしまい、口をポカンと開けていなかったか心配だ。茉莉花は大きなため息をつきたくなった。

「かなり疲れていたんだろう。お母さんに電話をしておいたよ。ワンピースに皺ができてしまったね。着替えはある？　香苗の服を用意させるが。バッグはここに」

「い、いいえ！　着替え、あります。大丈夫です！　お母さんに電話をしていただいて、ありがとうございました」

連絡をしていなかったら心配させただろうと、安堵する。

ベッドから下りて、上品なロイヤルブルーの絨毯《じゅうたん》に足をつけた。

「じゃあ、着替えて。朝食にしよう。廊下を出て、左に行った突き当たりが俺の部屋だ。ドアは開けておく」

「はい。着替え終わったら行きますね」

伊蕗が颯爽《さっそう》とした足取りで部屋を出ていくと、茉莉花は急いで、バッグからブラウンの皺にならない素材のワンピースを出し、着替え始めた。


時刻は七時三十分を回ったところだ。朝食の席には道子と香苗はおらず、茉莉花は伊蕗とふたりで食事をした。

「金沢まで送ってあげられたらよかったんだが、仕事が山積みでね」

茉莉花は、今日が月曜日であることを思い出す。

「いいえ。気にしないでください」

送ってもらうことなどまったく考えていなかった。伊蕗の申し訳なさそうな顔に、コーヒーカップをソーサーに置いてから、小さく微笑む。

「年が明けたら、家元の襲名式の準備もあり、ますます多忙になるだろう。でもできるだけ会いに行くよ」

「……わたしが、来てもいいですか？」

おそるおそる口にした。忙しいからダメだと言われそうで、躊躇《ためら》われたのだ。

しかし、伊蕗は端整な顔を崩した。

「もちろん。嬉しいよ」

「お身体に気をつけてくださいね」

そのあと、スーツに着替えた伊蕗の車で東京駅まで送られ、茉莉花は金沢へ戻った。

数日後。茉莉花は家からほど近いコーヒーショップで大学の課題をしていた。地元なので、知った顔にはよく会ってしまうが、気分転換がしたくて外で勉強をしていたのだ。

ふと、シャープペンを走らせていた指が止まる。

『久礼家のご令嬢が、伊藷さんには相応しかったのに……』

『美寿々さんね。着物美人で鳳花流の師範だから、お似合いよね』

メイドたちの会話を思い出した。

(伊藷さんにお似合いの人がいたなんて……家元には逆らえなかったみたいな話をしていたけれど……)

そのことを考えると、胸がシクシクと痛みだした。

ふいに、師範ならば、鳳花流のサイトに顔写真が載っているかもしれないと思い立つ。手元に置いていたスマホで、鳳花流のウェブサイトを開く。

(確か……久礼……美寿々さん)

鳳花流のサイトはスマホにも対応しており、全国各地の師範の名前が載っていたが、個人の顔写真はなかった。茉莉花が確認できたのは、東京支部の師範欄に書かれた久礼美寿々の名前だけ。

(どんな人なんだろう……でも、顔は知らないほうがいいのかも。メイドさんたちは着物美人って言っていたから、見たら落ち込むかもしれない)

茉莉花は少し吹っ切れて、課題に戻った。

帰宅すると、茉莉花宛に伊蕗から小包が届いていた。

佐江子は「少し早いクリスマスプレゼントかしらねえ」などと言って、中身が気になるようだ。

茉莉花はその場で開けてみる。綺麗な水色の包装紙に包まれ、リボンがかけられた小さな箱と有名店のチョコレート、そしてシンプルな水色の封筒が入っていた。

「それは何かしら？」

佐江子がお玉を持ったまま、小さめの箱を見ている。

「なんだろうね……」

興味津々《しんしん》の母を尻目に、茉莉花は封筒に手を伸ばし、封を切る。手紙の他に、ハイブランドの折りたたみのコンパクトな財布と、有名店のチョコレートがあった。

手紙には、先日話していた高価すぎるエンゲージリングの代わりに、いつもつけていられるように選んだ指輪だと書かれていた。

「……指輪の箱っぽいけど？」

佐江子に言われ、リボンを取って水色の包装紙をはがした。有名な宝飾ブランドの箱だ。

「エンゲージリングをつけていないことを聞かれて、高価すぎるって言っちゃったから、気軽にはめられるリングを贈るよって言ってくれていたの」

箱を開けてみると、ゴールドの台にラウンドブリリアントカットのダイヤモンドがあり、ピンクダイヤモンドが周りをグルッと囲んだ、キュートなリングだった。

「可愛い……」

「素敵ねえ。これならどんなお洋服にも似合うわね。さすが伊蕗さん、すごくセンスがいいわ。伊蕗さんは優しくて、茉莉花に甘い旦那さまになりそうね」

冷やかされて、茉莉花の頬が熱くなる。

有名なブランドのものだから、やはり高いと思う。でも、可愛いリングは茉莉花の好みにぴったりで、どんなときも外さずにいようと思った。

そして、こんなに自分のことを考えてくれている伊蕗なのだから、メイドたちの言葉は聞かなかったことにしようと決めた。


翌年、五月。茉莉花は大学二年生になっており、伊蕗の襲名式も三月に滞りなく終わっていた。

伊蕗の意向で華やかなパーティーなどはせず、師範を招待しただけの簡素な襲名式だった。茉莉花は出席するつもりだったが、伊蕗は『気疲れするだけだから』と上京させなかった。

茉莉花には、それがいまいち納得できない。伊蕗は自分を何もできない子供か、もしくは妹のような存在として見ているのではないだろうか、と。

今日は久しぶりのデートで、茉莉花は北陸新幹線で伊蕗の自宅へ向かっている。伊蕗から贈られた二個目のエンゲージリングに視線を落とす。あれから出かけるときは必ずつけるアイテムになっていた。

春らしい黄色のトップスに、白のワイドパンツで、ウエストの横のところで共布のベルトを結んでいる。

（でも、襲名式の件も伊蕗さんの優しさだと思わなきゃ。こうして素敵なリングも選んで、贈ってくれるんだもの）

東京駅で宝来家の運転手が待っており、赤坂の屋敷へ向かう。何度か送り迎えをしてもらっており、制服を着た五十代の運転手の落合《おちあい》とは、道中で会話をするようになっていた。

長年、宝来家に仕えている落合は、茉莉花に最近の出来事などを教えてくれる。遠距離にいる彼女にとって大事な情報源だ。

「落合さん。伊蕗さんはお疲れではないですか？」

「お疲れでないと言えば、嘘になるでしょう。家元になってから、いけばな協会の理事に就任しておりますから、顔を出さなくてはならないところも増え、ますますお忙しい毎日ですよ」

いけばな協会の理事の件は、茉莉花も聞いていた。それもあって、休日には身体を休めてほしいと考え、この土日の上京は取りやめようかと伊蕗に言ってみた。だが、伊蕗は茉莉花に会いたいと言ってくれたのだ。

赤坂へ向かう車の中で、落合との会話は緊張する茉莉花の気持ちを和らげてくれる。伊蕗とこれから会うのだと思うと、胸の高鳴りが抑えられず、そして屋敷に入れば、道子やメイドたちの視線を意識して緊張してしまう。

滅多に訪れない場所に、まだ茉莉花は慣れない。しかも今日は着つけのレッスンのあと、伊蕗のいけばなのお稽古もある。今夜は屋敷に泊まり、明日どこかへ出かけて、金沢へ帰宅する予定だ。

屋敷の前に車が到着すると、メイド頭の圭子が茉莉花を迎える。

「いらっしゃいませ」

「こんにちは。お世話になります」

圭子は落合から、茉莉花の一泊分の荷物が入っているバッグを受け取った。

毎回こうして出迎えてくれることに恐縮するが、以前『大丈夫です』と断ったときに、『仕事なので』と言われたことがあり、それからは任せることにしている。

「伊藤さまはただ今来客中ですが、先に着つけのほうを、とのことですので、ひと休みしたあとに始めさせていただきます」

「あの、お仏壇へ――」

屋敷へ入ったらまず、亡き家元に手を合わせなさい、と新右衛門に言われている。

茉莉花もそれはもっともだと思っているが、圭子は違うようだ。

「のちほど、伊藤さまがご案内されるかと」

「わかりました。よろしくお願いします」

屋敷に向かう途中も、圭子はあれこれ説明する。彼女は着物と草履なのだが、歩くスピードは速く、茉莉花は後れを取らないよう歩いた。

明治時代に紛れ込んでしまったかのようにレトロなインテリアの客間に通され、お茶と和菓子でしばし休憩していると、香苗がやってきた。

「茉莉花さん、こんにちは。いらっしゃい」

「お邪魔しています」

藤色の小紋の着物を着た香苗は、対面のソファに腰を下ろした。

伊藤同様に、小さい頃から着物に慣れ親しんでいる香苗の姿は堂に入っており、よく似合っている。

「お母さまは、会食の用事があって留守なの。お迎えができなくて残念がっていたわ。茉莉花さんのことが大好きだから。あ、でも、明日の朝食のときに会えると思う」

「はい。お母さまの会食の件は、伊藤さんから聞いています」

「お兄さまのほうは、展示会の件で急に千石《せんごく》百貨店の方々がお見えになって」

「それも仕方ないです……」

茉莉花がにっこり笑うと、香苗は首を左右に振る。

「聞き分けがよすぎるわよ。茉莉花さんは婚約者なの。ねえ？　お兄さまにわがままなんて言ったことないでしょう？」

「えっ？　わがままですか……？」

「そうよ。『もっとわたしとの時間を作って』とか、『会う日は絶対に他の予定を断って』だったり」

わがままを言うほど伊藤に会っていない茉莉花は、考えてみても思いつかない。しかし香苗の話すようなことは、言ってはいけないと思っている。

「あ！　金沢のお菓子を持ってきました」

話題を逸らすために、ペーパーバッグを香苗へ差し出した。

それは金沢で有名な『きんつば』である。以前、道子と香苗が気に入ってくれた和菓子だった。

「あ！　あそこのね！　茉莉花さん、ありがとう。甘さがくどくなくて、美味しいのよね～」

香苗は包装紙で中身がすぐわかり、嬉しそうに目尻を下げた。

茉莉花が圭子に着つけを教わるのを、近くのイスに座って香苗が見ている。

「はい。ここで長襦袢《ながじゅばん》のお袖と、着物のお袖を揃えてください」

次々と圭子に教えられる通りに、茉莉花はなんとか着つけていく。圭子の言葉に戸惑わないのは、何度か着物を着せてもらったときに観察していたからだ。

小紋の着物は香苗のもので、象牙色の地に細かい桜の花が描かれている。

「では、名古屋帯《なごやおび》を。柄の位置を決めたら、ピンチでマークしておきます。そうです。

ふた巻きすると、柄が前に来ますでしょう?」

「はい」

目の前の等身大の鏡を前に、蜂蜜色の名古屋帯を巻いていく。髪はポニーテールにしてある。

「後ろでねじって、押さえ紐《ひも》で結びます」

圭子に手伝ってもらい、なんとかお太鼓結びを終え、ホッと肩の力を抜いた。

「お兄さまのほうを覗いてくるわね。圭子さん、茉莉花さんに飲み物をお願い」

「かしこまりました」

香苗と圭子が部屋を出ていき、茉莉花はひとりになった。

脱いだものなどを片づけていると、障子の向こうから話し声が聞こえてくる。

「これから客間の掃除よ。ふたりは婚約しているんだから、伊蕗さまの部屋に泊めればいいのに」

(えっ……わたしのこと?)

帯の目安に使うピンチを拾った茉莉花の動きが止まる。

「奥さまも香苗さまもいるんだし、まだ結婚はしていないんだから、それはまずいんじゃないの?」

「でも、いちいち客間掃除よ？　ベッドメイキングも面倒ったらないわ。伊蕗さまのベッドなら嬉しいけれど」

メイドたちだ。窓を拭く、キュッキュッという音が会話の合間に届く。

「もうっ。伊蕗さまのことが好きだから、婚約者の茉莉花さんを嫌うんじゃない？」

茉莉花は身を硬くして、その場から動けなかった。家元の葬儀後の台所で交わされていた、メイドたちの心ない会話を聞いたときのように。

「わたしとあの人の、どこが違うっていうのよ。違うのは、人間国宝を祖父に持っているってだけよ。それにしても羨ましいったらないわ。大学を出て社会経験がないまま結婚するなんて、甘いわよね～」

「将来の若奥さまになる人を、そんな風に言っちゃダメよ」

どうやらもうひとりのメイドは、それほど茉莉花を嫌っていないようだ。

とはいえ、もし茉莉花がこの部屋にいるとわかったときには、双方がばつの悪い思いをするだろう。早くふたりが去ってくれることを願う。

「ここはもういいわね。客間の掃除、手伝うわよ」

去っていく足音が聞こえて、茉莉花は胸を撫で下ろした。

（社会経験がないまま、か……）

世間知らずな小娘だと思われているのは、前からわかっていた。結婚しても、そう見られるのはずっと変わらないだろう。

(伊蕗さんのことを好きになる気持ちはわかる。立場上、雲の上の人なのだろうけど)

「茉莉花」

物思いにふけってしまった茉莉花の耳に、伊蕗の低い声が障子の向こうから聞こえてきた。

「あ、はい！」

茉莉花の返事のあと、障子の戸が開けられた。

伊蕗も藍色の着物を着ていた。落ち着いた男の色香を漂わせる立ち姿である。

「出迎えられなくて、すまなかった」

「いいえ。お客さまはお帰りになったのですか？」

「ああ。おいで。花を活けよう」

伊蕗に手を差し出され、茉莉花はそろそろと足を運ぶ。着物のときは、所作がしとやかになるように意識をしている。

「圭子さんが飲み物を持ってきてくれることに……」

「大丈夫。来客も帰ったし、あの人のことだから、ちゃんと俺たちのところへ持ってくる」

廊下を玄関のほうへ進み、六畳ほどの部屋へ案内された。

「ここは少人数の稽古のときに使う部屋だ」

部屋の中央に向かい合わせになるように、数種類の花と、平らな花器、花鋏《はなばさみ》など必要な道具が置かれていた。

下座の座布団に座った茉莉花に、上座の席に移動した伊蕗は優しい眼差しを向ける。

「では始めよう」

「お願いいたします」

茉莉花は畳に両手をつき、頭を下げて挨拶した。

用意された花はピンク色のカーネーションと、オンシジュウム、紫色のスターチス。リョウブという枝のある葉ものは、夏に花が咲く。初心者の茉莉花が活けやすい花が揃えられていた。

伊蕗の説明を、茉莉花は真剣な表情で聞く。

「花や葉ものを長持ちさせるためには、水の中で切るんだ。今日は省略するが。花の茎はまっすぐに切り、枝は斜めに」

伊蕗は手順を説明し、好きに活けるように言った。

茉莉花はバランスを考えながら、まずリョウブを活けていく。それを見ているのは鳳花流の家元だ。緊張しているせいで、微かに手が震えている。

「茉莉花、リラックスして」

顔をこわばらせているのがわかった伊蕗は、緊張をほぐすように微笑んだ。

「……はい」

（リラックスと言われても……）

花瓶に花を挿したことはあるが、剣山は初めてだ。基本の形は崩さず、好きに活けるようにと言われたのだから、思うままにやるしかない。

花鋏でカーネーションを切り、剣山に挿す。オンシジュウムやスターチスも使い、なんとか自分の思った通りにできた。

伊蕗は立ち上がり、茉莉花の後ろに立って、挿し終えた作品を見る。

「初めてにしては上手だ。直す点は――」

ふいに茉莉花の背後で、伊蕗が身体を屈めてオンシジュウムを挿し直す。彼の身体が近くにあり、茉莉花の心臓がドクッと跳ねた。

「こうすると空間に奥行きができて、バランスがよくなる」

伊蕗の声が近すぎて、頭がぼーっとなってしまいそうだ。耳からうなじにかけて吐息がかかる。

(ダメよ。集中、集中!)

「茉莉花?」

頭を微かに振ったところへ、怪訝《けげん》そうな声で問いかけられ、慌てて返事をする。

「あ! はいっ! よくなりました」

伊蕗が手を入れることによって、洗練された作品に見えてくる。

そこへ香苗がお茶と菓子を持って現れた。

「あらっ! 仲がいいところ、お邪魔します」

茉莉花の後ろに伊蕗がいるのを見て、茶化しながら入ってくる。

「お前も早く相手を見つけることだな」

伊蕗は余裕の表情でかわすが、茉莉花は対応できず、香苗を見られない。

「素敵に活けられたわね。上手よ」

香苗ができ上がった作品を見て褒めると、茉莉花は顔を上げた。

「伊蕗さんが直してくれたので――」

「いや。茉莉花はセンスがいい」

褒められて嬉しいが、やはり伊蕗が手を加えなければ野暮ったいままだっただろう。

「もっと勉強します」

家元の妻ならば、師範くらいになっていなければ体裁が悪いはず。

「香苗、テキストを用意してくれないか」

「今、用意します」

香苗は押し入れを開け、引き出しから初級編のテキストと、鳳花流の作品とそれを活けた師範の顔写真が載った、カラー版の豪華な本を揃えて伊蕗に渡す。

「これを渡しておく。その花鋏には茉莉花の名前を彫らせてある」

「えっ？」

茉莉花は今まで使っていた花鋏を手に取った。持ち手の片側に『茉莉花』と彫られている。

「気づかなくて……伊蕗さん、ありがとうございます。嬉しいです！　大事に使いますね」

花鋏を嬉しそうに胸に抱いた。それからテキストと本に視線を落とす。

本をめくってみると、初めは見事に活けられた艶《あで》やかな花の写真だ。隣のページに、伊蕗が着物を着た写真と経歴が書かれていた。

「その本を受け取れるのは、鳳花流の上級の生徒さんだけなの」

香苗は説明したのち、茉莉花の手土産のきんつばを、丁寧な所作で切り分けて口に運ぶ。

「う〜ん。本当に、このきんつば、美味しいわ。お兄さま、茉莉花さんのお土産よ」

「お祖父さまも好きだったな。香苗、仏前に供えてきてくれ」

「わたしも、お線香をあげさせてください。先にご挨拶しなくてはいけなかったのに……」

「お祖父さまは、君がここに来てくれただけで喜んでいると思うよ。俺も行こう」

茉莉花は足の痺《しび》れを気にしないようにして立ち上がるが、感覚がなくなっていて、ぐねっと倒れそうになる。

「きゃっ！」

先に立ち上がっていた伊蕗に身体を支えられるけれど、恥ずかしくて、顔が引きつりそうだ。

「足首を捻っていないか？ 今、変な倒れ方をしたぞ？」

「すみませんっ。長い時間の正座は苦手で……。大丈夫だと思います……」

しどろもどろになっていると、次の瞬間、抱き上げられた。

「い、伊蕗さんっ！ 歩けますっ」

「痺れているときに無理に歩くと、骨折することもある。黙ってて」

伊蕗はそのまま、香苗が開けた障子のほうへ進む。香苗は兄の行動に目を丸くして驚いた。

「それほどじゃないですからっ」

足はしだいにジンジンし始めている。

「茉莉花さん、いいじゃない。お兄さまを見ていると楽しいわ」

香苗は異性を溺愛する兄を初めて見た。こんなに甘い兄を、いまだかつて見たことがない。

「でもっ」

メイドたちに見られでもしたら、また陰で何か言われるのではないかと心配になる茉莉花だ。

伊蕗は何も言わず、茉莉花をお姫さま抱っこしたまま仏間のほうへ進んでいく。

(抱き上げられたのは、これで……三回目だわ)

そこへメイドがふたり、長い廊下の向こうに姿を見せる。彼女たちは驚きの声を上げ、パタパタとスリッパの音をさせて近づいてきた。気まずい茉莉花は、パッと俯く。

「伊蕗さま、いかがなさいましたかっ?」

その声は、先ほど障子の向こうで茉莉花の話をしていた声に似ていた。

「滅多に会えない婚約者を抱き上げているだけだ。香苗、お祖父さまへのお供え物を持ってきてくれ」

伊蕗は冷ややかな声色でメイドたちに返答した。茉莉花が聞いたことがない冷たい声だ。香苗は目の前の仏間の障子を開けて、その場を去る。

仏間へ入った伊蕗は、細心の注意を払って茉莉花を畳の上へ下ろす。

「足の痺れは？」

そう聞く伊蕗の声は、先ほどとはまったく異なり、優しく響いた。

「ありがとうございます。もう大丈夫です」

困ったように眉をハの字にさせ、茉莉花は答えた。

「メイドに見られて、恥ずかしい？」

「はい……」

「君は俺の婚約者だ。堂々としていればいい」

伊蕗に微笑まれて、小さく頷く。

（そういえば、わたしの足の痺れのことを、伊蕗さんはまったく言わなかった。もし言われていたら、きっと笑われるネタになっていたに違いない）

伊蕗にはそれが予想できていて言わなかったのかどうかはわからないが、もっと堂々としようと思った茉莉花だ。

そこへ香苗が戻り、きんつばを仏壇に供え、茉莉花は線香をあげて両手を合わせた。

東京から戻った翌日の月曜日。茉莉花は大学構内の中庭のベンチに座り、佳加を待っていた。

休講になり、ポカポカと気持ちいい天気につられるように、ランチタイムに約束している佳加を待つ一時間ちょっとの間を外で過ごしていた。

茉莉花の膝の上に置いてあるのは、鳳花流の紹介本だ。

「はあ〜」

開いたままの本へ視線を落とし、また茉莉花の口から重いため息が漏れた。

久礼美寿々の存在を気にしないようにしていたのだが、それは形だけで、本をもらったときに思い出し、帰りの新幹線の中で彼女を探した。

ページをめくってみると、着物姿の美しい女性がほんのりと微笑み、茉莉花を見つめていた。その大人の微笑みを浮かべる人の姿は、衝撃的だった。一重の瞼《まぶた》にブラウンの瞳。鼻梁と頬骨が高く、小さめの唇で、整った顔の女性だ。自分にはない洗練された雰囲気の和美人。

（わたしと全然違う……）

伊蕗に何も聞いていないのだから、彼女とどんな関係なのかもわからない。しかし、何度心の中で言い聞かせても、気になってしまうのだ。

だが、聞くことができない。金沢へ帰るまでに何度も聞こうとしたが、無理だった。

そしていつものごとく、甘い出来事などなく帰宅したのだった。


「茉莉花っ！」

肩から重そうなバッグを提げた佳加が、少し離れたところで名前を呼び、ベンチに座る茉莉花に近づく。

「佳加」

茉莉花は本をパタンと閉じて、目の前に立つ佳加を見上げた。

「なんでベンチの上で正座しているの？」

ベージュのロングカーディガンとデニム姿で正座をしている茉莉花に、佳加はキョトンとなっている。

「足、痛くない？」

ベンチで正座をするなんて考えられないと、首を左右に振っている。

「痛いけど、練習っていうか、訓練していたの」

「訓練？」

隣に腰を下ろして、不思議そうに首を傾げた。

「うん……。この週末、伊蕗さんのところへ行って、いけばなを習ったんだけど、恥ずかしいことに着物を着て正座をしたら……足が痺れちゃったの。結納のときは緊張していたせいかわからないけど、大丈夫だったのに」

「なるほど。でもさ、硬いベンチでやったって、何も敷いていないんだから、ゴツゴツしていて足が痛くなるだけで、訓練にならないと思うけど？」

佳加は冷静に状況を判断し、茉莉花を諭した。

「ほら。ランチ行こうよ」

彼女はベンチからすっくと立つが、正座で足が痛い茉莉花は、のろのろした動きだ。

「はあ……。正座は家でやることにする」

持っていた本をバッグに入れて、ゆっくりと足を動かしてみる茉莉花だった。

「それで、伊蕗さんと進展は？　お泊まりしたんでしょ？」

佳加に尋ねられ、力なく首を左右に振る。

「お泊まりしても、お部屋は客間だしね。本当に婚約者だと思ってるのかな……って」

「お屋敷にはたくさんの人がいるんでしょ。人目があるだろうし、進展なんてできないよね。うん。気にしないほうがいいよ」

落ち込んでいる様子の茉莉花を、佳加は慌てて明るく励ました。

「……ありがとう。そうだよね」

茉莉花は空元気で、大きく頷いてみせた。

第四章

月日は流れ、家元が亡くなってから二年が経った。

早いもので、茉莉花は大学三年の就活時期に入っていた。結婚が決まっている自分には関係ないものだと思っていたが、友人から就活に関する話などを聞いていると、心に言いようのない焦りを覚える。

佳加は東京で就職したいと、複数の企業を調べて、エントリーシートを書いている。『大変だ』と言いつつも、楽しそうだった。そばで見ている茉莉花は、だんだん佳加が羨ましくなってきた。

(伊蕗さんとの結婚が決まるまでは、わたしも東京に出て仕事をしたかったんだよね)

大学進学のときは家族に大反対されて、東京に行くことを諦めた。

伊蕗との結婚の波に呑まれるようにして、ここまで過ごしてきてしまったが、社会経験もない世間知らずの自分が、家元の妻になってやっていけるのだろうかと、悩み始めている茉莉花だった。

(一年間だけでも……仕事できないかな……)

この約三年間、伊蕗と休みが合えば東京へ出かけていたが、それは月一回のペース。伊蕗から華道を教えてもらったり、映画や食事、ドライブなどに行ったりして、お互いを知っていった。

伊蕗を知るほどに愛が深まっていくが、彼が自分を愛し始めてくれているのかは、知る由もない。

というのも、伊蕗は茉莉花の手を握ったり、靴擦れしたときや寝てしまったときには抱き上げてくれたりしたが、それは妹に対する気持ちみたいに、ただ見ていられなかっただけなのかもしれない。そのあと、それ以上のことはなかった。

最初のうちは、自分が子供だからだろうと考えていたが、三年が経とうとする今もキスひとつしてくれないのだ。

ときどき伊蕗にじっと見つめられることがあり、このまま甘い雰囲気に……と思うときも、結局は彼の指すら唇に触れてはくれない。

家元の葬儀のときのメイドたちの会話が、心の中にずっとくすぶっていて、やはり祖父を気遣って自分と婚約したのでは、とさえ思っていた。

愛されていなくても、茉莉花は伊蕗を愛している。

こんなに惹かれる男性は今までいなかった。結婚して伊蕗に尽くす覚悟もある。

しかし、伊蕗はそれで幸せなのだろうかと、愛するがゆえ、彼の気持ちが気になっていた。

（会いたいときに会えないから、伊蕗さんとの距離は縮まっていない……）

茉莉花は長い期間悩み続け、心を決めた。

一月七日。金沢の藤垣家に伊蕗が訪れていた。新年の挨拶と、少し遅い新年会だ。いつも多忙な伊蕗だが、毎年正月はホテルからの依頼で花飾りの監修を行っているため、とりわけ忙しい。ようやくこの二日間だけ、秘書の近衛に時間を無理やり作らせたのだ。

茉莉花とは元日に宝来家で会っていたが、将来の義理の家族をおろそかにはできず、伊蕗は藤垣家にやってきた。

「茉莉花は伊蕗さんの隣に行っていなさい。お手伝いはしなくていいわ。智也も匡くんもいるから」

佐江子は、料理を運ぼうとする茉莉花に声をかけた。匡は新右衛門の一番若い弟子とあって、こういうときはよく手伝わされる。

「う、うん……」

決心したことを、伊蕗と家族に今日話すつもりの茉莉花の気分は、落ち着かなかった。手伝いをして、気を紛らわせたかったのだ。

仕方なく、囲炉裏の部屋へ足を進める。この日のために、新右衛門が新調した竜胆色《りんどういろ》の訪問着を着ていた。

胸の位置まである髪は、佐江子が簡単にまとめて、頭のてっぺんで丸くされている。

茉莉花を見た瞬間に、伊蕗は表情を崩し、よく似合っていると褒めた。

新右衛門がこの竜胆色の訪問着を仕立ててくれたときに一緒に買ってくれた、蜂蜜色の黄色に少し金色が入ったものを、宝来家の新年会には着ていった。元日に相応しい華やかな訪問着だった。

伊蕗と出会ってから着物を着る機会が多くなり、以前、圭子に着つけを教わってからは、一重太鼓結びくらいならひとりで着られるようになった。

茉莉花は囲炉裏の部屋をノックしてから中へ入る。

囲炉裏を囲んで、新右衛門と慎一郎、そして伊蕗が熱燗《あつかん》で乾杯していた。

「茉莉花は伊蕗くんの隣に座りなさい」

伊蕗と飲むことができて上機嫌な新右衛門が、入ってきた茉莉花に言葉をかけた。

「はい」と返事をして、あぐらをかいて座る伊蕗の隣へ腰を下ろす。

今日の伊蕗は着物ではなく、鍛えられた身体にフィットするチャコールグレーのフルオーダースーツを身につけていた。

茉莉花は着物でもスーツでも、どの姿の伊蕗にも惹かれる。着物は家柄や職業柄、似合っていて当然なのだが、高身長でスラリとしているから、洋装でもファッション誌の一ページを飾るモデルのように素敵だ。

「茉莉花も飲むかい？」

とっくりを持ち上げた伊蕗に、茉莉花は首を横に振る。そして、伊蕗が持っているとっくりを受け取って、彼のおちょこにお酒を注ぐ。

作法を習い始めた茉莉花の所作は、伊蕗が見とれるほど美しい。現在二十一歳の茉莉花は、少女から大人の女性に変貌しつつある。

「ありがとう」

伊蕗に礼を言われ、緊張したような笑みを浮かべる。その表情に、伊蕗は何かが引っかかった。

佐江子が真心を込めて作った料理が、各自の膳に揃った。

久しぶりの来訪に、佐江子は金沢の郷土料理である治部煮《じぶに》や、かぶら寿司を作り、他にも食べきれないほどの料理がある。

「田舎料理ですが、どうぞたくさん召し上がってくださいね」

佐江子は伊蕗ににっこり笑い、声をかけた。

「とても美味しそうです。いただきます」

伊蕗は嬉しそうに食べ始めた。食事の間、伊蕗を本当の兄のように慕っている智也が話しかけると、丁寧に答える。誰もが伊蕗と話をしたがっている様子だ。

この和気あいあいとした雰囲気に、今から爆弾発言を投下しようとしている茉莉花の心臓は、ドキドキと暴れている。

茉莉花は食べることも忘れ、口元を引きしめて、話すタイミングを見計らっていた。

その様子に伊蕗は首を傾げる。

「茉莉花？　どうかした？」

伊蕗に声をかけられ、茉莉花はビクッと肩を震わせてから、背筋をピンと伸ばして口を開く。

「……お話があるのですが」

カチカチにこわばった顔になっているのはわかっているが、どうしても表情を和らげることができない。

「今、ここでかい？」

「はい。お祖父ちゃんたちにも聞いてほしくて……」

楽しそうな話し声がピタッと止まり、そこにいる全員から注目される。

「茉莉花。話して」

「……伊蕗さんっ。結婚を一年延ばしてもらいたいんです！」

決めたことを思いきって話すと、伊蕗を除いた家族全員が驚きの声を上げた。

「茉莉花！　いったい何を言いだすんだ‼」

新右衛門が目を白黒させながら怒鳴った。

「そうよ。四年間もお待たせするのに、さらにあと一年だなんて。そんなこと、許しませんよ」

佐江子も顔をこわばらせており、慎一郎は怒りをため込んでいるように見える。

「……本当に、ごめんなさい。伊蕗さんと結婚したくないわけじゃないんです！」

それだけはわかってもらおうと、潤んでしまった目で隣の伊蕗を見つめる。

伊蕗はふいに立ち上がった。茉莉花はハッとなり、不安そうに顔を上げる。怒って出ていってしまうのかと、みんなが思った。

そのとき、伊蕗が茉莉花に手を差し出した。

「ふたりだけで話そう」

静かでいて、有無を言わせない声色だった。

伊蕗が差し出した手を、茉莉花は掴んだ。

玄関のコートかけから、伊蕗は自分のコートを手にした。それを茉莉花の肩にかける。最高級のカシミヤのカーキ色のロングコートだ。

「伊蕗さんが寒いです……」

スーツだけでは風邪をひかせてしまいそうで脱ごうとするが、その手が止められる。

「いいから。外へ出よう」

引き戸の玄関をガラガラと開け、伊蕗は茉莉花を外へ連れ出した。ゆっくりと歩を進め、裏手の窯場のほうへ向かう。

外は日が落ち、夜空に無数の星が見える。空気が澄んでおり、東京では見えない星空だ。

「何があった？　言ってごらん」

茉莉花の手を握って歩き、話すきっかけを作る。

「ごめんなさい……婚約解消したくなりましたよね……」

「そんなこと思ってはいないよ。どんなことでもいいから話してほしい」

茉莉花は、就活時期になって、いろいろ考えてしまったことを切りだした。伊蕗は静かに聞いている。ときどき頷いてくれるのが、茉莉花にとっては救いだ。

「茉莉花は東京に出て仕事がしたい。そうだね?」

「はい。一年間だけ仕事をして辞めるということが、甘い考えなのもわかっています。大学を卒業したら結婚する約束なのに、急にこんなことを言いだして、嫌われても仕方ありません。だから……婚約を解消されても受け入れます」

静まり返った窯場に到着した。寒さで耳がキンキンに冷たい。伊蕗の前に立ち、はっきりと口にした。

「茉莉花は、婚約解消してもいいのか?」

そう聞かれて、茉莉花の胸がズキッと痛んだ。

「……わたしは、伊蕗さんが好きです。これが愛なのだと思います。でも、伊蕗さんは、わたしをどう思っているんですか? 伊蕗さんにとって、妹のような存在では?」

茉莉花は心の中にくすぶっていた気持ちをぶつけた。

婚約したときに、合わなかったら破談にできると言っていた。茉莉花はいつもそれが不安だった。

それほど伊蕗を愛してしまったが、彼の気持ちが自分にないのなら、破談にするべきだとも思う。

否、伊藤から破談を告げてほしい。

「妹のような存在？」

伊藤は思いがけない言葉に、呆気に取られる。

「どうしてそう思う？」

「キ、キスです」

ガーデンライトしかない暗い場所で、よく見えないが、茉莉花の顔は真っ赤になっていた。思いきって言ってしまったが、猛烈に恥ずかしくて俯く。

「キス……？」

「だ、だって、好きだったらしたいと思うものですよね？　け、経験がないからわからないですけど。伊藤さんはこの三年間、一度もしてくれたことがないじゃないですか。わたしには、そんな感情を持てないのではないですか？」

「俺は茉莉花を愛している。キスどころか、茉莉花を欲しいと思っている」

茉莉花はハッとなって顔を上げ、食い入るように伊藤を見つめる。

「信じられないという顔をしているね」

コクッと頷く茉莉花の肩を、伊藤は抱き寄せた。

「心細い気持ちにさせて、すまなかった。はっきり伝えないと、恋愛初心者にはわからなかったな」

茉莉花の顎を持ち上げると、唇を重ねた。

唇が触れた瞬間、時が止まったような気がした茉莉花だ。

柔らかく食《は》むような口づけに、鼓動は早鐘を打ち始める。

「い、伊蕗さん。心臓が暴れて……もちません。……いつもこんな風になるのですか？」

「俺の心臓も、うるさいくらいにドクドクしている。こうなるのはお互いに愛し合っているからだ」

「本当に……わたしを愛して……？」

茉莉花は最高に幸せな気持ちになった。幸せすぎて、ふわふわ浮いている気がする。

「婚約を決めた晩、君は外にいて月を見上げていただろう？　あのとき、茉莉花がとても美しくて惹かれた。……いや。あの日の夕方、最初にここで会ったとき、君に恋をした。君と会うたび、優しくて可愛い性格を好ましく思ったよ」

「伊蕗さん……」

しっかりと抱き込まれている茉莉花だが、伊蕗の流麗な顔が近すぎて、まともに見られない。

「茉莉花に触れなかったのは、一度触れれば手放せなくなるからだ」

「そんな風に思っていてくれたなんて……」

伊蕗の背に腕を回して、ギュッと抱きつく。

「だが、その決意も葬儀の日に揺らいで、眠る君の唇にキスを」

「えっ？　あ、あのとき……？」

「ああ。ぐっすり眠る茉莉花に、我慢できなくなった」

そう言った伊蕗はもう一度、唇を重ねた。ヒンヤリしていた互いの唇が、しだいに熱を帯びていく。

伊蕗がキスをやめたとき、茉莉花の息は上がっていて、整えようとする息が寒さで白い。

「俺の元へ来ることで、茉莉花に後悔してほしくない。結婚式は一年延ばそう。だが、仕事を一年で辞めてほしいわけでもない。続けたければそれでもいいと思う」

「伊蕗さん……」

賛成してもらえて、茉莉花は嬉しくなって微笑む。

「ただし、条件がある」

「条件……？」

茉莉花は不安そうな瞳を向ける。

「俺が選んだマンションに、香苗と一緒に住んでほしい」

数えきれないくらい上京していても、まだ東京のことはほとんど知らないと言っても過言ではない。伊蕗がマンションを探してくれるのは心強いと、ホッとした。

「……香苗さんは、嫌がるかもしれません」

（香苗さんは今、実家暮らし。メイドのいる何不自由ない生活をしているのに、家を出る気になる？）

心配したが、伊蕗の言葉ですぐにその考えは払拭される。

「香苗も前から、家を出たいとずっと言っていてね。君たちは気が合うようだし、仲がいい。きっとこの話に飛びつくはずだ」

その場面を想像しているのか、伊蕗が楽しそうに笑う。

「お祖父さまには俺が話そう。俺に任せてほしい」

「……ありがとうございます。ごめんなさい」

わがままを聞き入れてもらったことを、申し訳なく思う茉莉花だ。

伊蕗は茉莉花の両頬を手で囲むようにして、おでこにキスを落とす。

「風邪をひいてしまうな。戻ろう」

茉莉花の肩にかけているロングコートを直した伊蕗は、手を恋人繋ぎにして、家に戻った。

伊蕗が説得してくれたおかげで、家族は一年の延期を納得した。新右衛門はしぶしぶだったが。

伊蕗の母である道子も、新右衛門と同じく不承不承わかってくれたが、茉莉花はそれから会うたびに『早く結婚して。孫が欲しい』とため息をつかれるようになった。

今まで実家を出ることを許されなかった香苗は、万々歳で茉莉花と住むことを受け入れた。

結婚は延びたが、その間に自分を磨いて、できるだけ伊蕗の力になれるように頑張ろうと誓う茉莉花だった。


就職試験は七社受けて、合格したのは二社。そのうちのひとつである、青山《あおやま》にある花をプロデュースする会社を、茉莉花は選んだ。

三十人ほどの小さな会社だ。社長は井川《いかわ》保《たもつ》。まだ三十三歳の若い社長だが、テレビCMや雑誌などで使われる花を多数プロデュースしている、業界では引っ張りだこの会社だ。伊蕗も名前だけは知っていた。

そして翌年の三月。茉莉花は無事に大学を卒業し、金沢を離れて上京した。

新生活の住まいは、伊蕗がオーナーである神宮外苑前《じんぐうがいえんまえ》のマンションを選んだ。十二階建ての最上階の2LDK。コンシェルジュや警備員もおり、セキュリティは万全のマンションで、新右衛門をはじめ両親も安心した。大学生の智也も羨ましそうだ。

伊蕗が経営する不動産会社は、赤坂駅に直結している複合商業施設のオフィス階にあり、鳳花流の事務所も同じフロアに構えている。その事務所に香苗は通勤している。

初出社の一週間前に、茉莉花は新生活を送るマンションへ引っ越した。

伊蕗が家具や生活用品を揃えてくれて、茉莉花は私物を送っただけだった。何から何までやってくれるのはありがたいが、申し訳ない。

就職が決まってから、茉莉花の時間は融通が利きやすいものになったが、伊蕗はそうもいかず、やはりゆっくり会えるのは月一回のペースだった。

しかし、これからは近くにいるので、少しの時間でも伊蕗に会うことができる。仕事に恋に、茉莉花は今後の生活が楽しみだった。

「わあ！　なんて素敵なお部屋っ！」

茉莉花は、案内されたこれから自分が住む十二畳の部屋に目を丸くさせた。彼女が驚く姿に、戸口に立つ香苗は口元に笑みを浮かべる。

伊蕗は急遽《きゅうきょ》、鳳花流の用事が入ってしまい、あとから来ることになっている。東京駅に迎えに来て、マンションまで案内したのは、これから同居人になる香苗だ。

「すべてお兄さまがイタリアから取り寄せたものよ。茉莉花さんのおかげでわたしも便乗させてもらって、得しちゃった」

香苗も家具などをカタログから選び、取り寄せてもらった。支払いは全部伊蕗だ。

「イタリアから⁉」

茉莉花は今さらながら、伊蕗とは住む世界が違うのだと思い知らされる。香苗から視線を動かし、改めて部屋の中を見回した。

高級感が溢れる、白で統一されたベッドとドレッサー。伊蕗の部屋にあるような、座り心地のよさそうなふた組のひとりがけ用のソファに、丸テーブル。

（伊蕗さんの部屋のベッドみたいに大きい……。こんなに大きなサイズじゃなくて、よかったのに……）

部屋の真ん中に鎮座している、クイーンサイズのベッドに近づく。

「ベッド、大きすぎるわよね。わたしのはセミダブルなのに。お兄さまも寝るつもりかしら。リビングの向こう側に妹がいるんだから、少しは自制してもらわないと」

香苗の何気ないひとことに、茉莉花は鳩《はと》が豆鉄砲を食らったような顔になる。

「えっ？　えっ？　じ、自制？　伊蕗さんが寝ることはないかと……」

逆に驚いたのは香苗のほうだ。キョトンとする茉莉花を食い入るように見つめる。

「どうしてお兄さまがここで寝ないって言いきれるの？」

はたから見たら、伊蕗は茉莉花を溺愛している。婚約者だし、当然ふたりは身体の関係もあると思っている香苗だ。

「そ、それは……」

これから頻繁に会ったら、変わっていく予感はあった。だが、それを香苗に話すつもりはない。

「ねえ、どうして？　気になるわ」

掘り下げようとした香苗の頭に突然、大きな手が置かれる。伊蕗だった。

「香苗、聞きづらいことを聞くな。茉莉花が困っている」

「お兄さまっ！」

「伊蕗さん！」

香苗の横を通り、部屋の中央に立つ茉莉花に近づく。伊蕗はシルバーのカードを指先でクルッと回してから、茉莉花の手のひらにのせた。

「茉莉花のカードキーだ。この部屋は気に入った？」

「はい！　とても！　信じられないくらい、どれも素敵です。伊蕗さん、ありがとうございます」

茉莉花は大きな目を細めて、にっこり笑った。

「座ろう。疲れている？　顔色が悪い気がする」

「疲れてはいないです」

正直なところ、引っ越しのせいか、新生活に期待をしすぎているせいか、疲れを自覚していた茉莉花だが、心配をかけたくはなかった。

伊蕗は茉莉花をベッドの端に座らせ、自分も隣に腰を下ろすと、まだドアのところにいる香苗に目を向ける。

「香苗、コーヒーを淹《い》れてくれないか？　買ってきたケーキがテーブルに置いてある」

「はあ〜。ふたりきりにしてほしいのね。わかったわ。淹れたら呼ぶから」

香苗は勘のよさを発揮して、肩をすくめて部屋から出ていった。香苗ひとりに用意をさせるのは申し訳ないと思った茉莉花は、すっくと立ち上がる。

「わたしも手伝って――」

「茉莉花」

ドアに向かおうとした茉莉花の腕が掴まれる。

「い、伊蕗さんっ！」

引き戻された場所は、伊蕗の膝の上だった。

「香苗も言っていただろう？　ふたりきりにしてほしいのね、と」

伊蕗は茉莉花の長い髪に触れて、耳にかけるように撫でる。そういったことをされるのは初めてで、茉莉花の心臓はドクッと大きく跳ねた。

「ほ、本当にそう思って？」

「ああ。ふたりきりになりたかった」

伊蕗は微笑み、茉莉花の後頭部に手を置いて引き寄せた。そして戸惑う唇にキスをする。

舌で唇をなぞられ、茉莉花が思わず口を開くと、伊蕗の舌が口腔内《こうくうない》に侵入する。

「んっ……」

こんなキスをされたことは、今までなかった。びっくりして目を閉じるどころか、パチッと開いたまま伊蕗を見た。

見つめてくる茉莉花に、伊蕗はキスをやめて口を開く。

「どうしたんだ?」

「だ、だって。今まで、こ、こんなキスしたこと、ないじゃないですか……」

恥ずかしそうに口にする茉莉花に、白い歯を見せる。

「もう学生じゃないだろう? どれだけ待ったことか」

眩しそうに茉莉花を見つめた。可愛い少女から大人の女性になった茉莉花は、いつまでも見ていたいほど美しくなった。

「伊蕗さん……」

「好きな女に触れたい、愛したいと思うのは当たり前だが、君や家族の前では清廉潔白でいたかった。本当のところは茉莉花を愛したかった。おかげで我慢強くなったよ」

伊蕗は茉莉花をベッドの上にそっと押し倒す。そして覆いかぶさるようにして唇を重ねた。

茉莉花の閉じられた瞼の上や、小さな鼻の上、頬へと、余すところなくキスをしていく。

そこへ――。

「お兄さまー、茉莉花さんー」

ドアの向こうから香苗の呼ぶ声がした。その声が耳に入ったのは伊蕗だけで、茉莉花はキスに翻弄されていて気づかなかった。

「今行く。茉莉花、ケーキを食べよう」

キスがふいに終わり、茉莉花はぼんやりとした表情だったが、伊蕗の声でハッとなった。

（うわっ……。香苗さんの声が聞こえず、伊蕗さんに夢中になっちゃった……）

今までと違うキスに対処できずにいると、身体を起こされる。

（わたし、今、変な顔をしてる……）

香苗の前に行くのが躊躇われる茉莉花だ。

「わ、わたしは少し片づけてから……」

部屋の隅に、金沢の自宅から送ったダンボール箱が積まれている。

茉莉花の考えていることなどお見通しだと言わんばかりに、伊蕗は破顔した。

「本当に君は可愛いな。大丈夫。いつもと変わらない」

実のところ、瞳は潤み、顔はピンクに染まっている。誰が見ても、今までキスをされていたことは明らかだろう。

しかし、香苗はそこをストレートに突くほど天然ではない。何も言わずにいるだろうと伊蕗は思い、茉莉花の手を握ってドアへ足を進めた。

リビングをよく見ずに、香苗に部屋へ案内されてしまったため、伊蕗に手を引かれて入った途端、感嘆の声を上げる茉莉花だ。

リビングの大きな窓から、こんもりと茂った緑が見えた。

「あそこは……？」

後ろに立つ伊蕗に振り返って聞く。

「明治神宮だ。一画が緑に覆われているから、茉莉花が喜んでくれると思って、ここに決めた」

茉莉花の実家の裏は山で、緑が多い。慣れない都会で、少しでも落ち着けるところがあったらと考えた伊蕗は、マンション選びに時間をかけた。笑顔の茉莉花に、伊蕗も自然と口元が緩む。

伊蕗の優しさに、茉莉花はますます胸を高鳴らせる。窓から見える明治神宮の緑を見て、鼓動を落ち着けようとしていた。ひと呼吸したのち、隣に並んだ伊蕗を仰ぎ見て、にっこり笑う。

「何もかも気に入りました。わたしにはもったいないくらい素敵なところです。伊蕗さん、ありがとうございます」

改めてリビングを見てみると、とても広く、茉莉花の実家にある囲炉裏の部屋くらい面積がある。テレビやオーディオセットがあり、その前にはくつろげる大きなソファもあった。

キッチンは最新のアイランド式で、四人がけのダイニングテーブルもあり、茉莉花には贅沢《ぜいたく》すぎる部屋だと思った。

コーヒーの香りがするダイニングテーブルでは、香苗がケーキの箱を覗き込んでいる。時刻は十五時を回ったところで、ちょうど小腹が空く時間だ。

「お兄さま、ケーキ買いすぎよ。茉莉花さん、どれにする？」

茉莉花は香苗に近づき、箱の中へ視線を落とす。

可愛らしい飾りの花がのっているものや、宝石のように艶やかなケーキが六個もあった。

「どれも美味しそうです。選べないので、香苗さんが先にどうぞ」

「それはダメよ。お兄さまは茉莉花さんのために買ってきたんだから。わたしが先に選んだら、睨《にら》まれ……ほらね？」

香苗はソファに座った伊蕗のほうへ顔を向けて、わざとらしくブルッと震えてみせてから、茉莉花に同意を求めた。

「そんなことないです」

茉莉花が首を横に振っている途中で――。

「いや。お前はよくわかっている」

「ほらーっ。わたしは邪魔者なのよ。わたしを同居させるのは、茉莉花さんが心配だからなの」

「だが、実家を出ることができただろう？」

伊蕗は楽しそうに笑う。

「茉莉花、俺のケーキを選んで」

「わたしがですかっ？　わかりました！」

どのケーキを選べばいいのか、真剣に悩む茉莉花だ。ケーキの箱を覗き込む姿が可愛らしい。

茉莉花は伊蕗に、シンプルだが艶やかなビターチョコレートがかけられたケーキを選び、皿の上にのせてコーヒーカップと共にソファテーブルへ運んだ。

自分には、ピンクのチョコレートで作られた花が飾られた、生クリームたっぷりのケーキを選び、香苗はカシスチョコレートの、見た目も美しいケーキを選んで、ソファに落ち着いた。

「お兄さま、結婚式はどこで？」

ケーキを食べていると、気になったらしい香苗が聞いた。

「まだ決めていない」

サラッと答える伊蕗に、目を大きく見開く。

「えっ？　まだなの？　だって、来年の四月か五月では？　結婚式の準備って、思ったより時間がかかるのよ？　茉莉花さん、お兄さまに言わないと。忙しいからどんどん遅れちゃうわ」

「茉莉花は今日、金沢を離れたばかりだ。こっちに慣れてからでも式場は見つかる」

「まあ、鳳花流の家元のためなら、式場も希望の日にちで簡単に空けてくれるでしょうけど」

茉莉花は美味しいケーキを味わいながら、香苗に言われて、すっかり式場のことを忘れていたことに気づいた。

「茉莉花、来月から探そう。一応、候補のホテルはピックアップしてある」

「はい。お願いします」

頼もしい伊蕗に任せておけば、安心である。しかし、任せっきりというのは申し訳ない。来月になれば、新しい職場の仕事がどんな様子かわかっているだろう。そうしたら積極的に協力して、素敵な結婚式にしたい。

「五月の終わりには、お祖父さまとの大事な展示会があるし、茉莉花も働くのは初めてだ。最初は慣れない環境で疲れると思う。無理はしないでほしいな」

伊蕗に対する気持ちで、茉莉花の心はずっと熱を帯びている。

（この熱を、どうしたら放出できるの……？）

茉莉花は無意識に伊蕗の手に自分の手を置き、にっこりと笑顔を向けた。

「ありがとうございます。お祖父ちゃんの焼いた壺に、伊蕗さんのいけばな……とても楽しみです」

伊蕗は涼しげな双眸を大きくした。そして、茉莉花の手を握り返す。

目の前のケーキみたいに甘いふたりに、恋人のいない香苗は羨ましくなる。

「本当に、わたしは邪魔者だわね」

香苗は残っていたひと口分のケーキを、パクリと口の中へ放り込むように入れた。

彼女の声に茉莉花はハッとなって、握られた手を引こうとする。

「茉莉花さんたら、可愛いわ。お兄さまが溺愛するのも無理はないわね」

戸惑った顔の茉莉花は、香苗の言葉でさらに顔を赤らめた。

「香苗。将来の義理の姉をからかうな。それより、展示会のホテルや車の手配は？

ませんと、頼もしい笑みを浮かべた。


招待状も来週中には出したい」

鳳花流に関するさまざまな手配も、香苗の仕事のひとつだ。彼女は「抜かりはありませんと、頼もしい笑みを浮かべた。


その夜。夕食は近くのカジュアルなイタリアンレストランへ三人で行き、一緒にマンションへ戻ってから、伊蕗は赤坂の自宅へ帰っていった。

金沢の実家の田舎風の風呂とはまったく異なる、明るくて使い勝手のいい、広さのあるバスルームで至福の時間を過ごした茉莉花は、あとは自室のベッドで寝るばかりになっていた。

（家族と離れたのは寂しいけど、新しい生活が楽しみ。伊蕗さんとも頻繁に会えるし）

ベッドに横になり、伊蕗のことを考える。

（伊蕗さんに相応しい女性になるように努力しよう）

心に誓い、寝心地のいいベッドの中で眠りに落ちた。


月曜日の朝。茉莉花は緊張から、予定より三十分も早く目覚めてしまった。

ベッドサイドテーブルに置かれた時計を見ると、六時三十分だ。カーテンの隙間から、ほんの少し明るい日が望める。

職場は青山で、電車で通勤しても十分とかからない。茉莉花は健康のために、歩いて通勤することに決めていた。徒歩二十分ほどで、日頃の運動不足を解消するには距離的に足りないくらいだ。

大学へ通っていたときは毎日、片道三十分以上は歩いていた。スタイルを保つためにも、いいことである。

羽のように軽い布団の中で伸びをしてから、起き上がった。

洗面と歯磨きを済ませて、キッチンへ行く。リビングルームを挟んだ向こうが香苗の部屋で、まだ起きていないようだ。

茉莉花はなるべく音をたてないように、朝食の準備を始める。

冷蔵庫には、昨日香苗とスーパーへ行って買った食材が、一週間は困らないくらいにたっぷり入っていた。

メイドがいる生活をしていた香苗は、コーヒーくらいなら淹れられるが、料理は苦手だ。必然的に、料理を作るのは茉莉花になる。

小さい頃からそれなりに手伝いをしてきた茉莉花は、一応困らない程度はできる。

今朝は和食を作るつもりで、昨晩のうちに炊飯器をセットしておいた。もう数分で炊ける。

（……わかめのお味噌汁《みそしる》と、シャケを焼いて、納豆、卵……野沢菜のお漬物でいいね）

冷蔵庫から必要な食材を調理台に出して、朝食の用意をする。

会社の始業時間は九時で、八時三十分にここを出ればちょうどいいはずだ。

香苗も始業時間は同じ。やはり電車に乗れば十分もかからないが、香苗のほうは自宅から会社まで歩くのはいささか遠い。

会社が駅と直結していることもあり、家を出る時刻も茉莉花と同じだと、前日に言っていた。

「おはよう～。いいにおい」

あっという間に朝食ができた頃、香苗がルームウェア姿で部屋から出てきた。

「おはようございます。ちょうどできたところです」

「ありがとう。茉莉花さん」

嬉しそうに顔を緩ませて席に着く。

「すごいわ！　いつも食べている朝食のクオリティと変わらない。お兄さまに羨ましがられちゃう」

「お屋敷のお料理とは比べ物にならないですよ」

無邪気に喜んでくれる香苗を見ると、これからの生活に不安はないと感じる。茉莉花は小さく笑みを浮かべ、自分も食べ始めた。

茉莉花はスマホの地図アプリを使い、時間通りに会社に着くことができた。香苗が『今日だけ一緒に……』と言ってくれたのだが、そこまで世話になるわけにはいかないと丁寧に断り、家を出た。

青山の大通りを一本入ったところにある、十五階建てのビルの七階のワンフロアがオフィスだ。ビルの一階にカフェが入っているからわかりやすく、面接のときにも来たので、ここへ来るのは二回目になる。

カフェの横のドアから入り、その先のエレベーターへ足を進める。

上階から下りてくるエレベーターが到着するのを待つ間、急に心臓がドキドキと暴れ始めた。

紺色のスカートとジャケットは、新入社員だったら申し分ない服装だと、香苗にお墨つきをもらっていた。

ずっと左手の薬指にはめていたエンゲージリングは、右手の薬指に移動させている。エンゲージリングだと知られて、詮索されたくないからだ。

茉莉花は気持ちを落ち着けようと、肩から胸にかけて、見えない汚れを手で払うように動かす。

そしてやってきたエレベーターに乗り込み、オフィスＩＫＡＷＡのフロアへ向かう。

七階に到着し、エレベーターが開くと、電話と内線表がのった半円形のカウンターがあった。その奥がすりガラスの自動ドアになっており、オフィスフロアがある。

パーテーションもないワンフロアに、社長のデスクもあり、白いデスクが部署ごとに並んでいる。

観葉植物やアレンジされた花も、ところどころに配置され、一面の窓から入り込む日差しで清潔感のあるオフィスだ。

面接は隅のソファセットで行われた。茉莉花が受けたのは、ここが六社目だった。

面接時、社長の井川はスーツを着ていたが、オフィスにいる社員たちはシャツとデニムなどのカジュアルな服装だった。

「おはようございます。今日からこちらで働かせていただく、新入社員の藤垣茉莉花です」

茉莉花は出入口で頭を下げ、すぐ近くにいた女性に声をかけた。瞬時にオフィスの中を見たところ、まだ数人しかいない。

イスから女性が機敏な動作で立ち上がる。

「おはようございます。わたしは総務、経理、ときには営業に駆り出される小田友紀子《おだゆきこ》です。よろしくね」

メガネをかけ、長いブラウンの髪をバレッタで留めたその女性は、軽い口調で挨拶してくれて、茉莉花の緊張は少しだけ解けてくる。友紀子も薄手のニットのトップスに、デニムを穿いていた。

「井川さーん。お待ちかねの藤垣茉莉花さんが来ましたよー」

その場で十メートルほど離れている窓のほうへ叫ぶ。窓を背にしてひときわ大きなデスクにいる男性が、顔を上げた。

社長に対する友紀子のフランクな物言いに、茉莉花はびっくりして、目を井川へと泳がせる。

「ああー。藤垣さん、こっちへ来て」

「は、はいっ！」

足早に井川の元へ向かう。彼はイスから立って待っていた。

「藤垣さん、おはよう。今日からよろしく」

井川は伊蕗と同じくらい長身で、くっきり二重の、どちらかといえば派手な顔立ちをしている。アイドルが大人になったような、華やかでカッコいい系の男性だ。

今日の井川はスーツではなく、スリムなデニムに白シャツの爽やかないでたちだ。

茉莉花の頭から足元まで、ざっと視線を走らせる。

「藤垣さん。明日からは、かっちりしたスーツじゃなくていいから。クライアントと商談のときはそのスーツでいい。ロッカーに置いておけばいいよ。普段は花で汚れることもあるから、我が社は普段着でOKだからね」

茉莉花が想像していた感じとは違い、一瞬びっくりしたが、楽な格好でいいんだなと頷く。

「わかりました。明日からはカジュアルな服装で出社します」

「君には、僕のアシスタントをしてほしい」

そう言った井川は、デスクの上に散らばった書類をかき集め、隅によけてペンケースを置いている。

「ア、アシスタントですか……？」

「そう。スタッフは個々に忙しくてね。今年、新卒で採用したのは藤垣さんだけ。主に企画の花の仕入れや、先方に出向いてアレンジの仕上げを行うアシスタント業務をお願いしたいんだ。その他は書類の整理くらいかな」

「アレンジは、わたしでは……」

茉莉花は困った。伊藷に教わりながら、現在は鳳花流の中級編を学んでいる。仕事の内容にもよるが、まだアレンジメントはできない。

「試験に、花のアレンジがあっただろう？　受験者の中で君が一番の成績だった。だから、これから学んでいけば実力がついてくると思う」

オフィスＩＫＡＷＡは小規模の会社ではあるが、取引先はテレビ局や番組制作会社、一流ホテルなどで、給料もよく、自由な発想を持つクリエイティブな人材が揃い、業界では有名である。

「さっそくだけど、出かけよう。他の者への挨拶は戻ってからで」

井川はイスにかけてあったベージュのジャケットを羽織り、デスクを離れた。驚いて突っ立ったままの茉莉花に手招きして、再び歩きだす。

（出かけるって、どこに行くんだろう……？）

茉莉花は困惑しつつ、井川のあとを追った。

井川が向かった先は、青山通りに面したビルの一階にある花屋だった。花屋にしては大きな店舗である。

「社長。おはようございます」

開店したばかりで、紺色のエプロンを身につけたスタッフ三人が、店の前に花をつけた植木や観葉植物を並べている。

「おはよう。頼んだ花、揃ってる？」

名札に【店長　和田《わだ》】と書かれている三十代くらいの女性に、井川が声をかけた。

「はい。すぐに持ってきます！」

和田は奥へ消えていく。

「オフィスＩＫＡＷＡが経営している花屋だ。近いだろう？」

会社から五分ほどで、客にとってもメトロの駅から近く、立地のいい店だった。

「はい。お店、とても華やかで大きいですね」

三十畳ほどある店舗。各種の花々が置かれ、籠に入ったアレンジメントや花束も大きなガラスケースに飾られており、花畑にいるような気持ちになる。

（伊蕗さんは、ここを知っているかな……）

家元ならば、弟子やスタッフが花を用意するのだから、花屋はいちいち眼中に入っていないかもしれない。

「いらっしゃいませ！」

男性店員のはつらつとした声で、客が店内へ入ってきた。

井川は茉莉花から視線を外し、客のほうへ動かす。その途端、営業スマイルを浮かべ、そちらへ足を進めた。

客に背を向けていた茉莉花が振り返ると、着物姿の女性が目に入る。明るい抹茶色の着物を着た人だ。その女性に、ハッと息を呑む。

「久礼先生、いらっしゃいませ。お早いですね。今日もお美しい」

井川が女性の名前を呼び、茉莉花は彼女が『久礼美寿々』だと確信する。

実物の美寿々は、写真よりも美人だった。黒髪を結い上げ、シンプルな櫛《くし》で下のほうを留めている。首は華奢で長く、うなじを目にした男性がそこに口づけしたくなるほどの色香を漂わせている。

においたつような美しさを持った女性とは、美寿々のような女性のことを言うのだろうと、茉莉花は衝撃を受けた。

「井川社長。おはようございます」

声も透き通るように綺麗である。

こんな偶然があっていいのだろうか。まさかこんなところで久礼美寿々と会うとは思ってもみなかった茉莉花だ。

そのせいでふたりのほうへ近づけなくて、ぎこちない動作でガラスケースへ向かう。

だが――。

「藤垣さん。こっちへ来て」

井川に呼ばれ、茉莉花の肩がビクッと跳ねる。

「は、はい」

(久礼さんは、わたしの名前を知らないよね……?)

一応、伊蕗は婚約中であることを特に隠さず公表しているが、相手の名前などはサラッと聞き流してしまうかもしれない。それを茉莉花は望んでいた。しかし、藤垣という名字は珍しい。

「久礼先生、新入社員の藤垣です。これからお会いすることもあるかと思います。よろしくお願いします」

井川は隣に立った茉莉花を美寿々に紹介した。それから美寿々を茉莉花に紹介する。

「久礼先生は、いけばなの鳳花流の師範なんだ」

「藤垣です。どうぞよろしくお願いいたします」

茉莉花は気づかれないことを祈りながら、頭を深く下げた。美寿々は落ち着いた笑みを浮かべて「よろしくお願いします」と言ってから、少し考えるような表情になる。

「間違っていたらごめんなさい。もしかしたら、あなたは家元のご婚約者では？」

美寿々の問いかけに、大きな声を上げたのは井川だ。

「ええっ⁉ 久礼先生、『家元』とは、鳳花流の家元のことをおっしゃっているんですか？」

『はい』と言うべきなのだろうか。茉莉花は返答に困った。

「藤垣さん、そうなのかい？」

ふたりの視線が茉莉花の返事を待っている。

「は……はい」

茉莉花の口から出た声は、ごく小さいものだったが、ふたりの耳には届いた。

「驚いたな。君が鳳花流の家元のフィアンセだなんて」

井川はショックから覚めやらぬ様子だ。

「やっぱり。以前、結納のお写真を道子おばさまから見せていただいたの」

茉莉花が伊藺の婚約者とわかっても、美寿々の表情は柔らかい。

「あれは、四年ほど前のもので……」

そう口を滑らせると、井川がまたも驚きの声を上げる。

「四年も前から？ そうしたら君が……十八歳の頃？」

「とてもお綺麗でしたわ」

褒める美寿々に、茉莉花は好感を覚える。

（メイドたちの話は、関係なかったの……？　もし、伊蕗さんと美寿々さんに関係があったのなら、こんな風に褒めないよね？）

当惑したが、なんとか微笑んだ。

「ありがとうございます」

「これから家元に会うんですよ」

正直に美寿々に言われ、ますます彼女への警戒心を解いていく。

「では久礼先生、どうぞ花を。お引き止めしてしまって、すみませんでした」

井川が高身長の身体を軽く曲げて挨拶をすると、美寿々は「では、失礼いたします」と言い、店内の花を選び始めた。

「さてと、僕たちも行こう。和田さん、お待たせ」

奥から戻っていた和田は、ガラス製のカウンターの上に、種類ごとにまとめた大きな花の束を五つ用意していた。

「藤垣さん、二束持ってもらえる？」

「はい。もちろんです」

茉莉花は三束持とうと手を伸ばしたが、井川が先に抱え込んでしまう。

「いいよ。君が三束持ったら前が見えなくなる。これからタクシーでスタジオへ行くよ。和田さん、あとでスタッフが別件で寄るからよろしく。じゃあ」

「はい。おつかれさまです。行ってらっしゃいませ」

和田は笑みを浮かべ、お辞儀をした。

スタジオへ向かうタクシーのトランクに花束を入れ、ふたりは後部座席に座った。ひとつひとつが抱えるほど大きな五つの花束は、黄色系でまとめられている。フリージア、ミモザ、チューリップ、ガーベラ、カーネーションの五種類だ。これらは撮影に使うという。

タクシーで代官山《だいかんやま》のスタジオへ向かう途中、茉莉花の隣に座る井川は、気になっていたことを口にする。

「藤垣さん、結婚式はいつ？　結婚後も働けるのかな？」

雇用主にしてみれば、せっかく雇った者が腰かけ程度だとしたら、見る目が変わるだろうと茉莉花は思った。

「結婚式は一年後を予定しています。結婚後も働く予定です」

伊蕗も、すぐに辞めなくていいと言っていた。

「そうか！　由緒正しい家はしきたりが多そうだから、どうかなと思ったんだ」

井川はホッとしたように愁眉を開く。

「ご心配をおかけして申し訳ありません。頑張ります。よろしくお願いします」

茉莉花は真面目な表情で、頭をペコッと下げた。


代官山のスタジオへ花を届け、井川は前もって運ばれていた十個あまりの花瓶と向き合い、次々と挿していく。

茉莉花は井川が指示する花を手渡していく作業をするが、彼のスピードについていくのがやっとだ。

そして、三十分もかからずにすべての花瓶に挿し終えた。黄色系の花もそれぞれ色味が異なっていて、それが陰影を作り、動きのある華やかで素敵な仕上がりだ。

茉莉花は井川のスピードと、見事な腕前に驚いた。伊蕗の『静』のいけばなとは違う花の活け方で、こちらは『動』といったところである。

花を包んでいた包装紙や葉などが辺りに散らばっており、片づけていると、キャップを被った若い女性スタッフがやってきた。

「井川社長、ありがとうございます。今回も素敵ですね」

「こちらこそ、いつもありがとうございます。では、ここを片づけ終えたら失礼いたします」

他のスタッフも現れ、花瓶を抱えて慎重に運んでいく。

「はい。またお願いします」

女性スタッフは井川に魅力的な笑みを向ける。高身長で甘いマスクの井川は、特に女性から好感を持たれやすい。

「あ、そこのゴミ箱に入れてください」

捨てる包装紙を茉莉花が持っているのを見た女性スタッフは、ドア付近にあるゴミ箱を手で示した。

「ありがとうございます」

彼女と井川が話をしているうちに、茉莉花はゴミを捨て、その周りを塵《ちり》ひとつないように綺麗にした。

オフィスへ戻ると、井川は茉莉花を友紀子のところへ連れていく。

「小田さん、藤垣さんを頼む。いろいろ教えてあげて」

「わかりました。藤垣さんのデスクはわたしの隣よ」

茉莉花を友紀子に任せ、井川は自分のデスクに向かう。

「はい。できたてほやほやの名刺」

友紀子はプラスチックケースに入った名刺の束をポンと手渡した。手のひらに置かれた名刺に、茉莉花はここの社員になったことを実感する。

「座って。パソコンとタブレット、それにスマホ。このスマホには井川さんや社員の番号が入っているから、鳴れば相手がどこの誰だかわかるわ」

イスに座り、友紀子から機器の使い方などのレクチャーを受ける。

「仕事の内容は井川さんから聞いているわよね?」

「ざっとですが……」

「大丈夫。井川さんは面倒見がいいし、わからないことがあったらどんどん聞いてね」

そこで友紀子は言葉を切り、腕時計を見て少し考える。

「少し早いけど、ランチに行きましょう。あ、お弁当を持ってきたりしてる?」

「いいえ。持ってきていないです」

「じゃあ一緒に出ましょう」

端にあるホワイトボードへ近づき、自分と茉莉花の名前の横に【ランチ】と書いた。

友紀子は近くにあるハンバーガーの店へ茉莉花を連れていった。明るくさっぱりした性格の友紀子と、茉莉花はすぐに打ち解けた。

友紀子は三十歳で、入社八年目だ。会社が設立されたときから働いており、古株なので、自分では『お局《つぼね》』と冗談を言う。

話は楽しく、あっという間に一時間が経ってしまい、慌ただしくオフィスへ戻った。

就業時間後。ゆっくり歩いてマンションへ向かっていた。十八時を回った空は暗くなっているが、街は明るく、まだまだ活気がある。

（会社の人たちみんながフレンドリーで、楽しい職場だったな）

社員たちは二十代後半から四十代までで、既婚者は少ないと友紀子が言っていた。井川も友紀子も独身だ。

信号待ちをしていると、ポケットに入れていたスマホが振動していることに気づき、慌てて取り出してみると伊蕗からの着信だ。

先ほど、これから帰宅すると伊蕗にメールを送っていた。出社初日で慣れない東京に、彼が心配をしていたからだ。

「もしもし、伊蕗さんっ。茉莉花です」

信号が青になり、一歩を踏み出す。自然と顔がほころんでくる。

『今は歩いているところ？』

「はい。あと十分くらいでマンションに着きます」

『二十時を過ぎると思うが、食事に行こうか』

ほころんでいた茉莉花の表情が、さらに明るくなる。

「それなら、わたしが作ってもいいですか？　冷蔵庫に食材がたくさん入っているんです」

『嬉しいよ。実は今朝、茉莉花の手料理を香苗がすごい勢いで褒めていたんだ。内心、妹に嫉妬した』

「えっ。朝食で作ったと言えるのはお味噌汁だけですから。そんなに楽しみにしないでくださいね」

実家で手伝っていただけだ。伊蕗がいつも食べているような豪華で美味しい料理は作れない。

『なんでもいいよ。茉莉花の料理なら、どんなにまずくても文句は言わない』

「もうっ……美味しくないときは、ちゃんと言ってくださいね。そうしないと伊蕗さんの好みがわからないし、上達もしませんから」

『わかったよ。じゃあ、あとで』

伊蕗の笑い声と共に、通話が切れた。

マンションに帰った茉莉花は手洗いを済ませ、スーツからトレーナーとデニムに急いで着替え、シンプルな水色のエプロンを身につけた。

「さてと……何を作ろうかな」

香苗は今夜は友人と約束があり、食事をしてくると言っていた。基本、夕食は各自で済ませることに決めている。

伊蕗の食事は和食が多いと聞いている。茉莉花はカルボナーラとナポリタンの二種類のパスタと、温野菜のサラダ、コーンポタージュを作ることにした。

コーンポタージュはコーンの缶詰と牛乳、コンソメでできる。仕上げにドライパセリをかければ見た目がいい。

温野菜のブロッコリー、じゃがいも、にんじんなどを切り、パスタに使う具材をそれぞれ炒《いた》め、用意しておく。

伊蕗のために料理を作るのは初めてで、彼が食べているところを想像すると、顔が緩んでくる。

「できるだけ美味しくなるように作らなきゃ」

茉莉花はひとりごちて、伊蕗が来るまでの間、テーブルセッティングや準備にいそしんだ。


「おつかれさまです」

玄関に姿を見せた伊蕗を出迎える茉莉花は、満面に笑みを浮かべている。こうして彼をひとりで部屋に迎えることが気恥ずかしい。

「おつかれ」

伊蕗は花束を茉莉花に渡す。

「ありがとうございます。可愛いですね」

色とりどりのチューリップの花束だ。

茉莉花は伊蕗が紺色のスリッパに履き替えるのを待った。今日は白のVネックのセーターに、デニムを穿いたカジュアルな服装だ。

「いいにおいがする」

「カルボナーラとナポリタンの二種類のパスタにしたんです。お好きですか……?」

「好きだよ。楽しみだ」

スリッパを履いた伊蕗は、茉莉花の両肩におもむろに手を置き、そしておでこに唇を当てた。

その瞬間、予期していなかったキスに、茉莉花の心臓がドクンと跳ねる。

（うわっ……びっくり……）

それから伊蕗の唇は、茉莉花の唇に軽く重ねられ、数秒後に離れる。

「な、なんだか、新婚みたいですね……」

キスはまだ慣れず、茉莉花は恥ずかしさを隠すように、チューリップの花束に顔をうずめた。

一昨日の引っ越しで、やっと大人のキスを体験したばかりの茉莉花には、不意打ちのキスのあと、どうしていいのかわからない。伊蕗は茉莉花の頭に手をポンポンと置き、微笑む。

「お花、水につけてきますね。ソファに座って待っていてください」

パタパタとスリッパの音をさせながら、茉莉花は洗面所へ向かった。

「伊蕗さん、どうぞ。味は保証できませんけど、召し上がってください」

テーブルに料理が並び、伊蕗は宝来家のお抱えの車で帰宅するということで、赤ワインを出した。

「いただきます。すごいな。帰ってきてから作ったんだから、大変だっただろう？」

「それほどでも……恥ずかしいほど簡単な料理なんです。それに、言った通り、伊蕗さんのお口に合わないかも……」

初めて好きな人に食べてもらう手料理だ。そう考えると、茉莉花の心臓は痛いくらいに暴れ始める。

「いただきます」

伊蕗はスプーンを持ち、コーンポタージュを美しい所作で口に運んだ。口に入れるところを茉莉花はじっと見つめる。

そのとき伊蕗が「んっ！」と渋い声を出して口元を覆う。

茉莉花は立ち上がって、ソファテーブルの上にあるティッシュケースをガバッと掴み、伊蕗の元へ行く。彼は口元を押さえ、立ち上がっていた。

「出してくださいっ！」

しょっぱかったのか、味がしないくらいまずかったのか。茉莉花は眉をハの字にさせて、ティッシュを差し出す。

そこで、「クックックッ」と堪えるように笑った伊蕗の手が、茉莉花の腰に回った。

「伊蕗さんっ？」

引き寄せられ、身体が密着し、茉莉花は慌てたようにジタバタする。その拍子にティッシュボックスが床に転がった。

茉莉花の両腕を持って、自分の身体から距離を取り、見つめる伊蕗。

「嘘だよ。美味しいよ」

安堵したら、瞳が濡《ぬ》れてくるのがわかったが、止められない。そうなると今度は伊蕗が慌てる。

「茉莉花？　すまない。泣かせるつもりはなかった」

「……よかった。……本当に、美味しくなかったのかと思っちゃいました」

伊蕗は床に落ちたティッシュボックスからティッシュを取り、茉莉花の目尻に滲む涙を拭いた。

「冗談が過ぎた。機嫌を直してくれないか？」

「お、怒ってなんていません。ホッとしたら、勝手に涙が出ちゃったんです。冷めちゃいますから、早く召し上がってください」

茉莉花は席に着いて、コーンポタージュを口にするが、思ったより冷めていた。

「温めてきます」

「いや、大丈夫だよ。うん。うまい」

「ダメです」

メイドが五人もいる家に住んでいるのだから、食事は温かいものは温かく、冷たいものは冷たく……が当たり前だろう。

茉莉花はもう一度立ち上がり、伊蕗のコーンポタージュの皿へ手を伸ばす。その手がやんわりと掴まれる。

「茉莉花、座って。俺をそんなに甘やかさないでくれないか?」

腰を下ろしたが、手はまだ掴まれたままだ。

「伊蕗さん……?」

「俺は確かに至れり尽くせりの生活をしてきた。だからといって、茉莉花にそうしてほしいとは思わない。むしろ俺が君を甘やかしたい」

「わたしは充分甘やかしてもらっています。マンションも、いろいろなプレゼントも」

ここまでしてくれる婚約者なんていないだろう。自分はとても恵まれていると思う。

伊蕗に微笑んでみせてから、料理へ視線を落とす。

「話していると冷めきってしまいますね。伊蕗さん、早く召し上がってくださいっ」

「ああ。そうだったな。食べよう」

伊蕗はスプーンを手にして、再び食べ始めた。

たくさん作りすぎてしまったと思われた料理は、綺麗になくなった。

「食事に夢中になりすぎて、ワインが残っちゃったな」

茉莉花にとって、最高の褒め言葉だ。

「チーズがありますから、それで飲まれますか？」

キッチンで、汚れた皿を食洗器に入れて、茉莉花は言ってみる。時刻は二十一時を過ぎているが、まだ伊蕗にいてほしい。

「ワインは飲むけど、チーズはいらないよ。もう腹がいっぱいだ」

伊蕗はテーブルのものをカウンターに運んでいる。手伝いも進んでしてくれて、彼のいいところをまた見つけられて、茉莉花の顔が緩んでくる。

濡れた手をタオルで拭き、先にソファに座った伊蕗のあとに続く。

「ごちそうさま。美味しかったよ」

隣に来るよう伊蕗に手招きされ、ちょこんと横に座った。

「今度は伊蕗さんの好きなものを作りますね。知らない料理も今はスマホのアプリでレシピを見られますから」

「楽しみにしているよ。そうだ、今日久礼さんから茉莉花に会ったと聞いた。オフィスＩＫＡＷＡの代表と知り合いだったようだね」

「はい。店舗の常連さんだったみたいです。社長と久礼さんが会話中にわたしに気づいてくださって、挨拶をしたんです。着物がよく似合っていて、綺麗で、とても感じのいい方でした」

茉莉花の素直な気持ちだ。

「午前中に本部へ来て、茉莉花を可愛いと褒めていたよ。だからのろけておいた」

伊蕗の腕が茉莉花の肩に回り、その指が頬を撫でる。

「伊蕗さんがのろけるところ、想像ができません」

乱れたところがひとつもない着物姿で、表情を崩さずに生徒にいけばなを教えている伊蕗しか思い浮かばない。

生徒といっても伊蕗が見るのは師範だが、年に数回は一般の教室に顔を出すこともあり、時には指導する。

頬に触れていた指先が茉莉花の顎にかかり、伊蕗のほうを向かされる。

顔が近づけられ、唇まであと一センチほどのところで玄関を開ける音がして、『ただいまー』と香苗の声がした。

動きを止めた伊蕗はため息をつき、茉莉花から離れる。同時に、茉莉花はソファからはじかれたように立ち上がり、背もたれのないひとり用のソファへ移動した。

恥じらいを見せて慌てる茉莉花に、伊蕗は端整な顔に苦笑いを浮かべる。

「香苗を住まわせたのは、間違いだったかもしれない」

リビングに香苗が姿を現した。

「お兄さま、いらっしゃい。あら？　お邪魔しちゃった？」

そう言いながらも、香苗の顔がニヤニヤと笑っている。茉莉花はプルプルと首を左右に振った。

「そ、そんなことないですよ」

「まったく。可愛いんだから」

「あ、お腹は空いていないですか？　コーンポタージュとバゲットならあるんですが」

気まずい気持ちを払拭させるために、すっくと立ち上がる。

「友達とは食事より飲むほうがメインになっちゃったから、食べたいわ。温めるくらい自分でできるから、茉莉花さんはお兄さまと話していて」

香苗はバッグをソファの端に置いて、キッチンへ入っていく。茉莉花が手持ち無沙汰で突っ立っていると、伊蕗がソファから腰を上げた。

「明日も仕事があるし、これで帰るよ」

「お兄さまっ。わたしは部屋で食べるから、遠慮しなくていいのよ？」

キッチンの中から香苗が声をかけた。

「部屋じゃなくて、ちゃんとテーブルで食べろよ。茉莉花、ごちそうさま。美味しい料理をありがとう。また連絡する」

「……はい。気をつけて帰ってくださいね」

これで帰ってしまうのは寂しいが、伊蕗の言う通り、明日も仕事がある。まだ週初めである。

玄関で別れ、伊蕗は赤坂の自宅へ帰っていった。


昨日の緊張で疲れたせいか、翌朝、茉莉花はすっきり目覚めることができなかった。胸の辺りがなんとなく重苦しく、目を開けても七時頃までしばらく横になっていた。

目覚ましは六時三十分にセットしていたから、三十分はうつらうつらとしていたことになる。

（身体が重いな……。出社初日で緊張もあったし、夕食も張り切りすぎたみたい。この生活に慣れるまで、気をつけなきゃ）

七時を回ってようやくベッドから下り、スリッパを履く。

リビングへ行くと、香苗もちょうど起きてきたところだ。

「おはようございます。すぐに朝食を作りますね」

「おはよう。昨日のコーンポタージュが残っているから、それでいいわ。すごく美味しかった。お兄さまも喜んでいたでしょう？　……あら？　顔色が悪いみたい。大丈夫？」

茉莉花の前に立った香苗に、まじまじと顔を見られる。

「平気です。顔を洗ってきますね」

両頬に手を当てる仕草をして、その場を離れた。

鏡を見てみると、香苗の言葉通り顔色が悪い。唇もいつものピンク色が損なわれている。

「やっぱり疲れているんだ」

血行がよくなるように冷水で顔を洗い、ふわふわのタオルで拭いて、ローションとクリームを塗って戻る。

キッチンでは香苗が鍋を温めていた。茉莉花はカウンターの上の籠から、袋に入ったバゲットを取り、好みの厚さに切ってトースターで焼く。

でき上がったものをテーブルに用意し、ふたりで食べ始める。

「茉莉花さん、無理しないでね。引っ越しとか会社とか、いろいろと気疲れする条件が重なっているんだから。わたしとの新生活もね」

優しい香苗に、茉莉花は微笑む。

「はい。体調に気をつけますね。あの……」

「なあに？」

コーンポタージュにバゲットを浸している香苗は、手を止める。

「伊藤さんには言わないでほしいんです。話したら、心配をかけてしまいますし」

「まあね。茉莉花さんのことに関しては、人が変わったように心配性になるお兄さまだから、仕事にならないかも」

香苗は伊藤の慌てた姿を想像して、「フフッ」と笑った。

「それはないと思います。でも、疲れているだけなので……」

「慌てるのを見てみたい気もするけど。話さないから安心して」

「ありがとうございます」

茉莉花は安心して残りの食事を終わらせ、自室へ一旦戻った。

第五章

現在、井川が抱えている案件を数えると、両手でも足りないほど多く、少しだが花の心得がある茉莉花は重宝がられた。他の社員も自分の案件で手いっぱいである。

今の時期は、セレブたちの間で有名なウエディングプランナー・七瀬《ななせ》葵《あおい》からの依頼による結婚式の花のプロデュースが、最優先の案件だ。

ウエディングプランナーはすべてのプロデュースを担うことが多いが、葵は花に関しては、花を知り尽くしているプロのほうがいいものにできるという持論から、井川にすっかり任せている。

麻布《あざぶ》にある豪華なレンタルハウスで披露宴を行う新郎新婦の希望は、自然をたくさん取り入れたいというものだった。井川がグリーンをふんだんに使い、アクセントに新婦の好きなブルーの花々を入れる提案をしたところ、新郎新婦はそれを気に入った。

結婚式は半月後で、今日の茉莉花は井川に同行し、レンタルハウスの広さなどを見て確認作業をする。

「藤垣さんが入社してから、もう一ヵ月が経つのかー。早いな」

麻布に向かうタクシーの中で、長い脚を窮屈そうに組んで座る井川だ。

「はい。あっという間でした」

代表である彼の屈託のない明るい性格のおかげか、社員も優しくていい人たちばかりだ。歓迎会やランチタイムで、茉莉花は社員たちと馴染んでいった。

「ところで、君のお祖父さんと家元の展示会が話題になっているね」

華道展の開催まで一ヵ月を切っている。ここのところ、伊蕗とは多忙で会えていない。もっぱらメールばかりだ。

「あ、招待券を！」

茉莉花はバッグから封筒を取り出した。

各国の要人や海外セレブたちも泊まる、最高級の朝倉《あさくら》ホテルで開かれる華道展の招待券だ。伊蕗から五枚もらっており、井川に封筒を差し出す。

「よかったら、いらしてください」

「ありがとう」

井川はさっそく封筒を開けてみる。

「五枚も入っているじゃないか。いいのかい？」

「はい。もしも足りない場合は、遠慮なくおっしゃってください。興味があるかわからなかったので、五枚だけもらったんです」

五月最終週の土日に、二日間だけ開催される華道展だ。全国各地の鳳花流の生徒が足を運ぶだろうと言われている。

「もちろん興味はあるよ。誰を誘おうかな。小田さんも行くだろうし、花屋のスタッフも行きたいんじゃないかな」

「では、あと十枚ほど用意しておきます」

伊蕗も欲しいだけ用意すると言ってくれていたので、問題ないだろう。

「本当に？　いいのかな。お金は払うよ」

「いいえ。大丈夫ですから」

にっこりと頷いたとき、タクシーは麻布のレンタルハウスの前に到着した。


レンタルハウスは白亜の二階建ての屋敷で、中庭のある豪邸だった。

部屋は六十畳ほどで、結婚式場としての規模は小さいが、交際範囲の広い新郎新婦は、気の置けない友人たちだけを招待するので、ここに決めたという。

部屋の中も白を基調としたインテリアで、ここにグリーンとブルーの花を飾ったら、さぞかし絵になるだろう。

茉莉花はこんなところで伊蕗と結婚式を挙げられたらと思ったが、そうもいかないことは充分承知している。

伊蕗の立場上、招待客はこの部屋に入りきらないだろうし、格式高い宝来家では、結納のときも伝統にのっとっていたわけで、結婚式も茉莉花の憧れるスタイルは望めそうにない。来月辺りから、結婚式の打ち合わせが始まる。

レンタルハウスで待っていた、ウエディングプランナーの葵との打ち合わせに二時間をかけて、井川はどんなグリーンや花がいいかアイデアを固めていく。

葵は目鼻立ちの整ったはっきりした顔で、身長も高く、清潔な白いシャツと紺のパンツ姿が、彼女のスタイルを際立たせている。女性からしても嫌みのないさっぱりした性格で、サバサバしている。

美しい葵は今年三十歳で、独身だという。

「藤垣さん、どうした？　さっきから胸の下辺りに手を置いているけど、気分でも悪い？」

丸テーブルに座り、葵と話をしていた井川が、隣の茉莉花に尋ねた。

そう言われて茉莉花はハッとして、みぞおち辺りを無意識にさすっていたことに気づく。

「あ……ちょっと、この辺りが重苦しい感じがして。お昼に食べたハンバーグがもたれているみたいです。お話を中断させてしまってすみません」

ここへ来る前に井川とファミリーレストランへ行き、ハンバーグセットを食べた。井川は天ぷらのついた蕎麦《そば》セットだった。

「胃もたれか……」

「藤垣さん、胃薬ならわたしが持っているわ。わたしもよく胃もたれになるの」

葵は書類がたっぷり入る大きなバッグからポーチを取り出し、胃薬を見せる。

「よかったらどうぞ」

差し出された胃薬を、茉莉花は「ありがとうございます」と言って受け取る。テーブルの上に置いてあったペットボトルのミネラルウォーターで、胃薬を飲んだ。

三十分後。打ち合わせが終わり、葵と別れて茉莉花は井川とタクシーに乗った。胃薬を飲んでも、胸の下の重苦しさはなくならない。まだそれほど時間も経っていないから、効いていないのだろう。

「藤垣さん、今日はこのまま帰宅していいよ」

時刻は十五時三十分を過ぎているが、就業時間は残っている。

「もう大丈夫です。仕事が残って――」

「明日やればいい。新人なのにいつもよくやってくれているから、たまには早く帰ってゆっくりして。顔色が白っぽいよ」

「……ありがとうございます」

本当のところ、まだよくなっていない。

(どうしちゃったんだろう……横になれば治るよね)

井川はマンションの下までタクシーで送ってくれた。コンシェルジュのいる豪華なマンションに舌を巻く。

「すごいマンションだね。君ってやっぱり、人間国宝の孫でお嬢さまなんだ」

「ち、違います。祖父がそうだというだけで、お嬢さまじゃないです。ここは家元の所有しているマンションなんです」

慌てて否定する茉莉花に、井川がやんわり笑う。信じていない笑みだ。

「じゃ、ゆっくり休んで」

「はい。ありがとうございます」

茉莉花は井川に頭を下げて、タクシーを降りた。

自分の部屋に戻った茉莉花は、ポスンとベッドの端に座る。

「なんだろう……最近、胸の辺りがなんか変な感じがする……」

ときどき、鼓動を大きく感じることがある。伊蕗がそばにいなくてもだ。いるのであれば、茉莉花の胸はいつもドキドキと暴れる。それはときめきというものだろう。

ため息をひとつ漏らしてから、ルームウェアに着替えて、ベッドに潜り込んだ。


それからの茉莉花は、疲れやすい身体を気にしないようにしていた。新しい環境に慣れれば元気になると考えて。

今は仕事が楽しく、伊蕗が教えてくれる華道も好きだが、井川のように、その場その場に合わせた多種多様な花を扱うのもおもしろい。

今日はレンタルハウスでの披露宴を翌日に控えて、オフィスＩＫＡＷＡの茉莉花を含めた半分のスタッフが、前日の装飾作業に入る。

グリーンを自分の目で確かめたいと、大田《おおた》市場へ買いつけに行く井川に付き添い、まだ夜も明けきらないうちから茉莉花も三回ほど同行した。

「藤垣さん！　花を積んだバンは何時に来る⁉」

披露宴会場を動き回っていた井川が茉莉花の元へやってきた。茉莉花は葵のスタッフと一緒にテーブルを並べていた。

手を止めて、腕時計へ目をやる。今は九時五分だ。

「あ！　遅れていますね。九時の予定だったんですが、ちょっと見てきます！」

持ち場から離れようとしたとき、友紀子が他のスタッフと一緒にグリーンやロイヤルブルーのバラを運んできた。

「すみませーん。お待たせしました！」

大きな声で謝り、持っていたケースを邪魔にならないよう隅に置いていく。

「おつかれさま」

井川は友紀子に声をかけてから床に膝をつき、グリーンの束を確認し始める。

「友紀子さん、おつかれさまです。搬入、手伝います」

「ありがとう」

茉莉花は友紀子と他のスタッフと共に、建物の前につけられたワゴン車に向かった。

結局、装飾は二十時過ぎまでかかった。

昼過ぎまでスタッフ十五人が手伝っていたが、それからは井川と友紀子、茉莉花で残りの仕事を進めていった。

葵は皿やカトラリーのセッティングや、その他のこまごまとしたことを、彼女の会社のスタッフと行っていた。

披露宴会場の素晴らしい仕上がりに、茉莉花の口から感嘆のため息が漏れる。

招待客の長いテーブルの上に、形の可愛いアイビーや、ところどころに大きな葉のモンステラ、シュッとした長い葉が特徴のドラセナ、その他にも選び抜かれたグリーンがアレンジされていた。

ちょうど招待客の前に来るように、グリーンの中に美しいロイヤルブルーのバラがアレンジされている。

新郎新婦の座席は丸みのある背もたれで、グリーンとバラが囲んでいる。こういった独創的なアイデアの披露宴会場を使える新郎新婦が、羨ましくなる茉莉花だ。

友紀子はいろいろな角度から、一眼レフで写真を撮っていた。帰り支度をしている井川と茉莉花の元へ、葵がエプロンを外しながら歩いてくる。

「おつかれさまでした。井川さんとスタッフのみなさんのおかげで、素晴らしい披露宴会場を作ることができました。先ほどスマホで撮った写真をご依頼人に送りましたら、とても気に入ってくださったようです」

葵がお礼を口にして、お辞儀をする。すると、耳にかけていた髪がはらりと顔を隠した。彼女は女性らしい仕草でもう一度耳にかけて、にっこりと微笑む。

「葵さんは明日まで気が抜けませんね。わたしも明朝、花の状態を見に来ますので」

井川はバラがしおれないか懸念している。

「すみません。よろしくお願いします」

「では、失礼します」

写真を撮っていた友紀子も戻ってきた。井川は葵に頭を下げると、茉莉花と友紀子を伴い、出入口へ向かった。

井川が後ろのドアを開けて、道具箱をワゴン車にしまっている。

「ふたりとも乗っていていいよ」

友紀子が先にワゴン車へ乗り込むが、茉莉花はここから電車で帰るつもりだ。

「おつかれさまでした。わたしはここで失礼します」

「えっ？ 送っていくよ？」

井川は後ろのドアをバンッと音をたてて閉めて、茉莉花へ身体を向ける。

「気になっていたお店に寄りたいので……」

「そうか。わかった。じゃあ、気をつけて帰るんだよ」

「はい。おつかれさまでした」

茉莉花は井川に頭を下げてから、車内にいる友紀子にも挨拶をした。井川が運転するワゴン車を見送ってから、スマホを出して目的の場所を検索する。

その場所とは、人形焼きの店である。香苗が甘いものが好きで『麻布十番《じゅうばん》の人形焼きが美味しいのよね』と言っていたので、お土産に買って帰りたかった。しかし、今は二十時を回っており、店の閉店は十九時。

(閉まっちゃってる……。前もって調べておけばよかった。とりあえず駅に向かおう)

スマホから顔を上げた茉莉花の前に、艶やかな黒い高級外車が停まった。伊蕗の専用車だ。

後部座席が開き、グレーのスーツ姿の伊蕗が車から降りて姿を見せた。

「伊蕗さんっ！　どうしたんですかっ？」

茉莉花は目を大きくして驚く。

「おつかれ。香苗に今日のスケジュールを聞いていたから、来てみたんだ」

会えないかもしれないのに来た伊蕗の行動が茉莉花は嬉しいが、なんだか呆《あき》れてしまう。

「もう少し遅かったら、入れ違いになっていたんですよ？　伊蕗さんはお忙しいんですから、そんなことしないでください」

「俺のために怒ってくれてる？　可愛いな。会えたんだからいいだろう？　乗って」

伊蕗は顔を緩ませ、茉莉花を車に乗せた。

後部座席に並んで座り、車はマンションのある神宮方面へ向かう。

「夕食は？」

スーツの袖を少し上げて、時計へ視線を落とす。

「まだなんです……」

「どこかで食べよう。ときどき行くステーキ店がこの先にあるが」

「はい。お腹がペコペコです。ステーキ、美味しそうですね」

伊蕗は運転手に声をかけて、店の近くで停まるように伝えた。


おしゃれなステーキハウスで食事をし、赤ワインをグラスで一杯飲んで、茉莉花はほろ酔い気分になってしまった。

「仕事は順調かい？」

「はい。明日の朝、先ほどのレンタルハウスで装花をチェックして完成なんです。あ、見てください。たくさん撮ったんですよ」

スマホを取り出して、披露宴会場を撮った写真を伊蕗に見せる。彼はスマホ画面をスライドさせて見ていく。

「素晴らしいでき栄えだな。井川社長はセンスがいいし、腕も相当なものだ」

「はい。とても美しく仕上がって、ご依頼人さまも満足してくださっているようです」

うっとりした顔の茉莉花だ。

「茉莉花は、こういう披露宴がやりたい？」

「えっ……。い、いいえっ」

首を左右にプルプルと振る茉莉花に、伊蕗は小さく微笑む。

「気を使わないでいいんだよ。わたしたちの披露宴は、井川社長にプロデュースしてもらおうか？」

伊蕗の言葉に、茉莉花は呆気に取られる。

「ダ、ダメですっ。鳳花流の家元なのに、ダメです。会場は鳳花流でいかないと」

「茉莉花、ありがとう。では、鳳花流と井川社長のコラボレーションなら？　それならば問題ない。現代的でいて、伝統的な古風な感じも出せると思う」

「……それならば。……伊蕗さん、ありがとうございます」

申し訳なさそうに小さく微笑んで、スマホをバッグにしまった。

「帰ろう。明日も早いんだろう？」

「はい。七時に現地集合なんです。ステーキで疲れもなくなりました。ごちそうさまでした」

伊藤は立ち上がり、茉莉花のほうへ近づいて、イスを引く。立ち上がった背に手を置き、店の出入口へ向かった。女性なら一度は憧れるスマートなエスコートである。

このステーキハウスからマンションまでは歩いて十分ほどで、伊藤は車を帰していた。

ふたりはマンションに向かってゆっくりと歩く。

赤ワインでほんのり頬を染めた茉莉花の手は、伊藤の大きな手に包まれた。

（伊藤さん、早く帰宅して休んでほしいな……）

「……マンションまであと五分くらいなので、ここで大丈夫です。タクシーを拾ってください」

茉莉花がそう言うと、伊藤は口を不満そうに歪める。

「俺と一緒にいたくないのだと思ってしまいそうだ」

「ち、違いますっ。展示会も控えていて多忙だから――」

「わかっている。君はずっと俺に優しいから」

慌てて否定する茉莉花の言葉を遮った。

そこへ――。

「伊蕗さん？」

前方から柔らかい女性の声がして、茉莉花を見下ろすようにして歩いていた伊蕗は立ち止まり、そちらへ顔を向ける。

「美寿々さん」

近づいてくる女性は、美寿々だった。

今日は着物ではなく、ブルー系の幾何学模様のワンピースと、その色よりも濃いブルーのジャケットを身につけたツーピーススタイル。黒髪も毛先を巻いていて、そのまま背中に流れている。

着物姿も色気があり、見目麗《うるわ》しいが、こういった洋装もよく似合い、ずっと見ていたくなるくらい美しい。

茉莉花は、伊蕗が彼女を名前で呼んだことに気づく。以前、伊蕗の会話に出てきたときは『久礼さん』だった。そして美寿々も茉莉花と会ったときは、『家元』と呼んでいた。

「まあ。こんなところでお会いするなんて。こんばんは。今日はご婚約者とデートでしたのね」

美寿々は伊蕗から茉莉花へ顔を動かして、上品に会釈《えしゃく》した。ふと頭の中に湧いた疑念で不安に襲われるが、茉莉花も頭を下げた。

「ああ。洋服姿は珍しいな」

「女友達数人で食事をした帰りなんです」

伊蕗は仕事帰りでスーツ。美寿々はドレッシーなツーピース姿。ふたりが似合いすぎていて、茉莉花は自分のデニム姿が恥ずかしくなってきた。通り過ぎる人々も、伊蕗と美寿々を見ていく。

「伊蕗さん、藤垣さん。お時間が大丈夫であれば、少し飲んでいきませんか?」

美寿々がにっこりと笑みを浮かべて誘った。

「いや。明日も早い。失礼するよ」

伊蕗の美寿々に対するそっけない態度に、茉莉花の不安になった気持ちが払拭されていく。

「わかりましたわ。では、またの機会に。藤垣さん、さようなら」

美寿々は気を悪くした様子もなく、軽く頭を下げた。

茉莉花は伊蕗にふたりの関係を聞きたいと、喉まで質問が出かかったが、押し黙る。

(聞かないほうがいい……)

彼は自分と十歳も違うのだ。過去にいろいろあったとしても、茉莉花がとやかく言えることではないと思った。

五月最終週の土曜日の朝。茉莉花は近くのヘアサロンで髪を結ってもらった。今日は茉莉花が待ちに待った華道展だ。

香苗の髪は顎の辺りで揃えたボブなので、結う必要がなく、茉莉花だけヘアサロンへ赴いた。

昨日、新右衛門と家族、弟子たちが金沢から上京し、華道展が催される朝倉ホテルに泊まったが、茉莉花は仕事だったため、まだ会っていない。茉莉花が上京してから、会うのは今日が初めてだ。

ヘアサロンからマンションへ戻ると、香苗の支度は終わっており、淡水色の訪問着姿になっていた。

「おかえりなさい。急いで帰ってきたのね？　着つけ、手伝おうか？」

九時にここを出なければならないのだが、もう八時を回っている。慌てて帰宅したせいで茉莉花の息が上がっていた。

「すみません。思ったより時間がかかってしまって。お願いできますか？」

香苗は着物に慣れており、着つけも上手だ。

「大丈夫？　呼吸が苦しそう。走ってきた？」

「少しだけ……」

自分でも、どうしてこんなに苦しいのかわからない。

「お水、飲んできます」

茉莉花はキッチンへ入り、ウォーターサーバーから冷たい水をコップに入れて、ゴクッと飲んだ。

香苗に着つけを手伝ってもらい、なんとか九時にマンションを出て、タクシーに乗ることができた。

朝倉ホテルに向かう途中、茉莉花はホッと息を吐く。朝から動き回って、ようやく腰を下ろせた。

「茉莉花さんのお着物、とても素敵よ。新右衛門さんとお兄さまの晴れの舞台にぴったりだわ」

背筋をピンとさせて座っている茉莉花は、笑みを浮かべた。香苗は茉莉花の美しさに目を細める。

金駒《きんこま》刺繍のある琳派《りんぱ》古典模様の淡い桃色の訪問着に、京都西陣織の帯の柄は、白地に松竹梅が描かれた、めでたいものだ。

胸の辺りまである黒髪は美しく結われており、梅の髪飾りが挿してある。結納から四年が経ち、少女から美しい女性に変貌しつつある茉莉花だ。

「お祖父ちゃんが贈ってくれたんです」

この他にも新右衛門は数枚仕立ててくれた。着物問屋へ新右衛門と母の三人で出かけたことを思い出す。

元々、茉莉花と智也に甘い新右衛門だが、気に入っている伊蕗に嫁に出すということで、嫁入り道具は奮発したいところなのだ。

「さすが新右衛門さんね」

「香苗さんのお着物の色味と柄も、お似合いです」

一方、淡水色の訪問着の香苗は、全体的に枝垂桜に松が広がっている柄で、華やかである。


二十分後、タクシーは朝倉ホテルのエントランスに到着した。

豪華で広いロビーには、華道展のポスターと共に案内が設置されている。そして中央には伊蕗が活けた作品が飾られ、一段と華やかなロビーになっていた。

「開場は十時からだけど、行ってみましょう」

ふたりは奥の会場へ向かう。香苗は堂々とした足取りだ。茉莉花のほうは少し気後れ気味。

「茉莉花さん。ちょっとスタッフに伝えることがあるから、先に行ってくれる?」

華道展の出入口にいる受付スタッフの顔を見て、香苗は立ち止まった。

「はい。先に中へ入っていますね」

ひとりになってしまい、心臓がドキドキしてきた。会場にはまだスタッフしかいないので、知っている顔はいない。

観に来た客かと思われて、止められたりしたら嫌だなと思いつつ、中へ足を進める。

順を追って、たくさんのいけばなが展示されている。それぞれ活けた人物の名前がつけられており、すべて師範だ。

広い華道展の会場は、大きな窓から見事な日本庭園が望める。スタッフが最後のチェックをしており、忙しそうだ。それを指示しているのは、濃い灰色の紋付を着た伊蕗。そばにスーツ姿の秘書・近衛もいる。

堂々とした美丈夫の伊蕗の姿に、茉莉花は見とれて立ち止まる。数秒後、ハッとなり、歩を進めた。

近衛と話をしていた伊蕗は、近づいてくる茉莉花に気づく。

「おはよう、茉莉花。とても綺麗だよ。朝から準備で忙しかっただろう」

「伊蕗さん、本日はおめでとうございます。近衛さん、おつかれさまです」

茉莉花は丁寧にお辞儀をした。結った髪に挿したかんざしが、シャランと小さな音をたてる。

梅雨《つゆ》前の五月晴れで空には雲ひとつなく、庭園の緑が輝いて見える。

「ありがとう。お祖父さまたちは奥にいるよ。行こう」

伊蕗と茉莉花は奥に向かう。テニスコートふたつ分ほどのそこは、今までの部屋とは異なり、カーテンが引かれ、明かりが落とされていた。

そして舞台の上に平安絵巻の屏風があり、その前に新右衛門が焼いた大きなふたつの壺。花や木、ツルなどが見事に活けられている。それらの作品はライトアップされ、より鮮やかな色彩を放っていた。

素晴らしいでき栄えに、茉莉花は声すら出せずに見入っていた。そこへ茉莉花の家族がやってくる。

「姉ちゃん！」

紺色のスーツを着た智也だ。久しぶりに姉に会う嬉しい気持ちが顔に表れている。

「智也、元気だった？」

「まあな」

茉莉花に会えて喜んでいるが、二ヵ月ぶりで照れているのか、言葉が少ない。

「自分で着たの？　とても綺麗よ」

佐江子と慎一郎、新右衛門も、嬉しそうに顔をほころばせている。

「時間がなくなって、香苗さんに手伝ってもらったの」

佐江子も明るい若竹色の訪問着姿で、主役のひとりである新右衛門は黒羽二重五つ紋付姿だった。

「茉莉花、少し痩せたみたい。ダイエットしてるの？」

「ううん。痩せてないし、ダイエットもしてないよ。お祖父ちゃん、おめでとうございます」

ふと顔を曇らせる佐江子に茉莉花は首を左右に振ってから、新右衛門に声をかけた。

「お祖父ちゃんが見立ててくれたお着物よ。どう？　似合ってる？」

「ああ。よく似合っておる。美人に見えるぞ」

「新右衛門さん、茉莉花さんは美人ですわよ。そうよね？　家元」

会話に入ってきたのは道子だ。道子も抹茶色の訪問着を着ており、女性陣が並んだら華やかになることだろう。

「そうですね。でも、みなさんの前で彼女を褒めるのはやめましょう。真っ赤になってかわいそうなので」

すでに顔を赤らめている茉莉花に、伊蕗は微笑んだ。

「もうそろそろ時間です。お祖父さまは、みなさんとここにいてください」

伊蕗は茉莉花たちの元を離れ、出入口へ向かった。


開場時間になり、受付を済ませた客が入ってきて、出入口近くの師範が活けた作品から鑑賞し始める。

上品そうな年配の婦人が多く見受けられる。時折、年頃の娘を連れた夫婦などもいた。茉莉花も家族と共に鑑賞するが、伊蕗はもちろんのこと、道子と香苗も接待で忙しい。

十一時からマスコミが入ることになっており、疲れないように新右衛門は別室で休んでいる。腰は少し曲がっているが、足取りはしっかりしており、頭の回転もいい。しかし、なんといっても高齢である。

「お母さん。お祖父ちゃんのところへ行ってくるね」

「それがいいわね。きっと緊張していると思うから」

茉莉花は家族から離れて、新右衛門がいる控室へ足を運ぶ。

会場を出て、隣の控室のドアをノックすると、中から新右衛門の返事がした。

「お祖父ちゃん」

ドアを開けて中へ進むと、新右衛門はお茶を淹れようとしているところだった。

「わたしがやるわ。お祖父ちゃんは座ってて」

「そうか。ありがとうな。お前も一緒に飲もう。気疲れしただろう」

茉莉花は新右衛門が持っている急須を受け取り、ポットから湯を注ぐ。少し蒸らしてから、ふたつの湯のみに淹れる。

「はい。どうぞ。熱いから気をつけてね」

白いカバーがつけられたイスに座っている新右衛門は手を差し出し、茉莉花は茶托《ちゃたく》ごと手渡す。

覆い香のいい香りと、綺麗な黄金色をした高級な玉露だ。新右衛門は満足そうにお茶をすする。

「伊藤さんのお祖父さまも、今日のこと、きっと喜んでいるね」

「ああ。竹豊もさぞ喜んでくれていることだろう。わしは竹豊のおかげで人間国宝になれたんだ。しがない陶芸家の作品を気に入って、とことん使ってくれたからな」

新右衛門は遠い目をして、昔を懐かしむような顔になった。

「お前と伊蕗くんのことも、わし以上に喜んでいたから、ふたりの晴れの日を見られずに無念だったろう」

婚約を決めたときの竹豊の嬉しそうな顔を思い出した茉莉花は、目頭が熱くなり、瞳が潤みそうになった。

「こっちはどうだ？　楽しいか？」

もう一度、ずずずっと新右衛門はお茶を飲む。

「うん。とても楽しい。仕事も気に入ってるの」

「そうか、そうか。でもな？　茉莉花。一年後には仕事を辞めなければな。伊蕗くんも早く落ち着きたいだろう」

新右衛門の考えを知り、茉莉花はシュンと気持ちが落ち込んでくる。

伊蕗は仕事を辞めなくてもいいと言っていたが、鳳花流の家元の妻となれば、仕事などしていられないかもしれない。

「……うん。わかってる。あ、お祖父ちゃん、もうすぐ会見の時間になるわ」

気持ちを切り替えなければと、壁にかけられた時計の時刻に驚いて、イスから立ち上がった。

平安絵巻が描かれた金屛風の前に、新右衛門が焼いた瑠璃色が印象的な藤垣焼の壺がふたつ置かれている。

伊蕗が活けた色鮮やかな花や、湾曲した枝や木も、すべてが見事に融合されていて豪奢で美しかった。

活けられているたくさんの種類の花の中に、白い小さな花があることに気づく。

（あれは……）

ジャスミンだった。

『茉莉花』とは、ジャスミンのことだ。自分の名前の花が活けられている。伊蕗がジャスミンを使ったのは偶然ではないと思う。

いや、それでもいい。茉莉花は胸が熱くなると同時に、今すぐ伊蕗に嬉しさを伝え、抱きつきたい衝動に駆られた。

（伊蕗さん……ありがとうございます）

濃い灰色の色紋付を着た伊蕗と、黒羽二重五つ紋付の新右衛門が立ち、ふたりは握手をしている。

身長が百八十センチ超えの見事な体躯の伊蕗は、老若男女問わず魅了する笑みを浮かべ、彼より二十センチほど背が低い新右衛門も、いつになく嬉しそうである。

カメラのフラッシュが無数にたかれ、茉莉花は新右衛門の体調が悪くならないか心配していた。

伊蕗と新右衛門はマスコミのインタビューを受けるため、舞台から下りる。茉莉花はふたりを少し離れたところから見守っていたが、ふいに名前を呼ばれる。

「藤垣さん」

横を向くと、井川と友紀子がいた。井川は紺のスーツ姿で、友紀子もオフィスでは見たことがない綺麗めのワンピースを着ている。

「井川さん！　やっぱり藤垣さんでしょっ！」

友紀子は井川に得意げに言いきった。井川は、茉莉花の頭から足の先まで視線を走らせる。

「井川さん、小田さん。ようこそお越しくださいました」

茉莉花は丁寧にお辞儀をした。

「うわーっ、見違えちゃったよ。着物、よく似合っている。着物だと所作が上品になるね」

「藤垣さん。井川さんは絶対に違う人だって言い張っていたのよ。本当に綺麗でびっくりだわ」

ふたりに褒められ、茉莉花の頬がポッと赤らむ。

「ときどき、着物で出社してもらおうかな」

「それってパワハラですよ」

友紀子が窘めておかしそうに笑う。

「えー、違うだろ。冗談だよ。ねっ、藤垣さん」

「はい。着物は好きですが、いつものスタイルが楽です」

シャツにデニム姿が茉莉花の定番だ。

「招待状をありがとう。受付でお土産までいただいたよ。他の連中は明日来るって言っていた」

「あ、藤垣さん。昨日渡しそびれた健康診断の結果なんだけど、今渡しても大丈夫？」

友紀子が肩に提げたバッグから、一通の封筒を取り出す。

「ありがとうございます。頂戴します」

茉莉花は封筒を受け取り、着物用の長方形のバッグの中にしまった。

「じゃあ、ゆっくり観させてもらうよ」

「はい。ゆっくりご覧ください」

友紀子も「月曜日にね」と言って、茉莉花から離れていった。


その夜。両家が揃い、朝倉ホテルのレストランで懐石料理を堪能したあと、茉莉花は伊蕗に誘われ、ホテルの庭園を歩いていた。

丸く切り揃えられたツツジやさつきのこんもりした緑が、ところどころライトアップされている。ツツジの花の時期はもう終わってしまったが、さつきは三分咲きくらいで蕾《つぼみ》をたくさんつけている。宝来家の屋敷も、五月は藤やツツジが満開で美しかった。

「疲れただろう？ 早く帰らせてあげたかったが、話もしたかった」

食事が終わると、それぞれが疲れた身体を休ませに部屋へ戻った。香苗も先にタクシーで帰っている。

「わたしはあの場にいただけで、何もできませんでした。伊蕗さんのほうが疲れているはずです」

手を繋ぎながらゆっくり歩き、会話をする。

この二週間は忙しく、このように過ごせる時間がなかったので、茉莉花は嬉しい。ボロボロに疲れていたとしても、伊蕗と一緒にいることを選ぶ。

「明日はゆっくりおいで。着物じゃなくていい」

そう言ってくれるが、やはり家元の婚約者としては着物がベストだろう。

「わたし、着物は好きなんです。けっこう慣れてきましたし」

「それならいいが……」

「あ！　ジャスミンが大作に入っていましたね」

思い出して、伊蕗を仰ぎ見る。

「気づいてくれたんだ。ジャスミンの日本名は茉莉花。いつかこういった催しで使いたいと考えていた。お祖父さまが参加してくれた今回は、特に相応しいのではないかと思ったんだ」

「とっても嬉しかったです。ありがとうございます」

「ジャスミンの花言葉は知っている？」

伊蕗がふいに立ち止まり、茉莉花も足を止めた。

「いいえ……なんでしょうか？　もしかして変な花言葉だったり――んっ……」

茉莉花は顎を持ち上げられ、唇を塞がれた。

「こんなところでやることじゃないな」

すぐに離れてしまい、茉莉花は物足りなく思ってしまった。

「茉莉花の花言葉は『優美』『愛らしさ』だ。君にぴったりの名前だ。誰がつけたの？」

「お祖父ちゃんとお祖母《ばあ》ちゃんです。お祖母ちゃんは、ジャスミンの小さな花が好きだったって」

祖母は、茉莉花が小学校低学年のときに病気を患い、亡くなっている。

「俺も好きだな。花も香りも……」

伊蕗の口から『好き』という言葉が出て、茉莉花の鼓動がトクンと大きく跳ねた。

（わたしのことじゃなくて、花のことなのに……心臓が暴れて、痛い……）

見つめ合っていた茉莉花は俯いて、左手を胸に置いた。

「一番好きなのは花じゃなく、人間のジャスミンだよ」

ハッと顔を上げる。伊蕗が熱のこもった眼差しで見下ろしていた。

「伊蕗さん……」

無意識に、茉莉花は伊蕗に抱きついていた。ふわっと香ってくる白檀《びゃくだん》のにおい。

伊蕗がいつもつけているフレグランスとは違い、着物から香ってくる。

「愛している」

ずっとこのまま、一緒にいたい。結婚を一年延期した自分がバカだった。そんな気持ちにさせられる茉莉花だ。

「わたしも……伊蕗さんと出会えてよかった」

伊蕗は微笑み、もう一度茉莉花の唇を味わうようにキスをしてから歩きだした。

第六章

二日間の華道展は短期間だったため、両日とも入室制限がなされたほど賑わい、大成功のうちに終了した。

伊蕗は月曜日から、仕事で関西方面へ一週間出張する。目が回る忙しさだ。

月曜日の朝、茉莉花は胃の辺りの痛みで目が覚めた。呼吸も少し苦しい気がして、身体を起こし、ベッドの上で大きく呼吸を繰り返す。

（身体がだるい……。でも、休んでなんていられないし……）

ベッドから下りて、リビングへ行く。香苗は昨晩は屋敷に泊まっていた。

お湯を沸かしてカップスープを作る。ほうれん草のポタージュだ。疲れている身体にちょっとでもいいものを選んだ。

食欲はあまりないが、胃のためにも食べようと、トーストも焼く。

でき上がったトーストと、カップスープをテーブルに置き、カーテンを開けに行く。

窓から見えるのは明治神宮の緑。トーストをちぎって、ほうれん草のポタージュに浸して口に入れた。温かいポタージュが胃の中へ染み渡り、少し気分がよくなった。

「さてと、支度しなきゃね」

テーブルの上を片づけ、自室に戻り、ドレッサーに置かれた封筒がふと目に入って立ち止まる。

土曜日に友紀子から渡された、健康診断の結果が入っている封書だ。着物用のバッグから出して、ドレッサーにポンと置いたのを忘れていた。

封筒を手にしてオープナーで切り、中に入っている用紙を見ていく。

「健康診断って、大学入学のときは簡単な検査だったけど、さすが社会人になるといろいろな検査があったな」

血液検査の欄へ視線を落とし、二週間前の健康診断を思い出す。

（まだ若いんだし……何もないはず）

血液検査の欄から、別のところへ視線を向けた。

（えっ？　心臓の検査、引っかかってる……）

茉莉花の目が大きく見開かれる。【要検査】とあった。

「まさか……」

否定してみるものの、最近の体調不良から不安になる。

「とりあえず、会社へ行く準備をしなきゃ」

封筒に用紙を戻してバッグに入れると、着替え始めた。

出社すると、オフィスにはすでに友紀子がおり、隅にあるカウンターでコーヒーを用意している。

茉莉花は友紀子のそばへ近づき、お礼を口にした。

「おはようございます。こちらこそ楽しんじゃったわ。ありがとう。人間国宝が焼いた壺も素敵だったし、鳳花流の家元の作品にもうっとりして、いい勉強になったわ。あ、藤垣さんの婚約者なんでしょ。招待券を井川さんからもらったとき、聞いちゃったの」

祖父と伊蕗を同時に褒められて、花が咲いたような笑顔になる。

通勤途中、心臓の再検査のことをずっと考えて鬱々としてしまっていたが、このときはそのことを忘れられた。

「はい。婚約しています」

「若いのに、鳳花流の家元が婚約者だなんて、羨ましいわ～。それに、すごくカッコよくて」

茉莉花は伊蕗に慣れてしまって、女性なら誰でも彼を見たらそう思うことを忘れていた。

「結婚式は決まっているの？」

「まだ……。忙しくて打ち合わせができていないんです」

伊蕗が井川に頼もうかと話していたことが、茉莉花の脳裏をよぎった。

（今は言わないでおこう。お義母さまがどう思うかわからないし……）

自分たちの結婚式だが、宝来家のしきたりがあるはずで、意見を聞いてみなければならないと思っている。

「以前、何かの雑誌で、家元は実業家でもあるし、日本いけばな協会の理事でもあるから多忙だと読んだわ」

「はい。そうなんです」

そこで社員たちが次々と出社してきて、茉莉花と友紀子は話をやめてデスクに戻り、仕事を始めた。


昼休み、佳加からメールがあり、その日の夜に食事をすることになった。

佳加に会うのは、上京してから初めてだ。彼女は、新宿《しんじゅく》の都庁近くの高層ビルにオフィスを構えるＩＴ企業に勤めている。住まいは三軒茶屋《さんげんちゃや》のマンションの一室を、金沢の地主である父親に購入してもらっていた。

佳加との待ち合わせの店は、茉莉花のマンションにほど近いイタリアンレストランにした。

先に到着したのは茉莉花で、四人がけのテーブルに案内されて待っていると、佳加がやってきた。

「茉莉花、久しぶり～。ごめん。待った？」

「ううん。わたしも今来たところ。おつかれさま。二ヵ月ぶりだね」

「よかった！　帰り際、上司から仕事を頼まれちゃって。元気だった？」

二ヵ月ぶりに会う佳加は、あか抜けていた。紺色のパンツスーツは、身長が高い彼女によく似合っている。

佳加は席に着いてさっそくメニューを見る。

「何にする？　食べたいのある？　お腹がすごく空いているから、なんでも食べたい」

そう言って、茶目っ気たっぷりに笑う。

佳加の雰囲気が変わっている気がした。店員にオーダーを済ませた茉莉花は、その雰囲気について聞いてみる。

「ねえ、佳加。何かいいことでもあった？」

「やだ！　どうしてわかったのっ？」

佳加は目を真ん丸くさせた。

「綺麗になったし、雰囲気が女らしくなったかな」

「さすが茉莉花！　実はね、彼ができたの。同じ会社の同期なんだ」

佳加は今まで数人彼氏がいたが、どの人も長続きせずにいた。

「よかったね。ひとり暮らしって、けっこう寂しいから」

「うん。家族のありがたみがわかったよ」

そこへオレンジジュースとビールが運ばれてくる。

「茉莉花、今日は飲まないんだね？」

「う……ん」

茉莉花は心臓の再検査のことを相談しようと思っていた。

「とりあえず食べよう。あとで話す」

ちょうどイカのカラマリやコブサラダが運ばれてきて、お腹を空かせている佳加を促した。

「美味しい！」

ひと口食べた佳加は咀嚼したのち、親指を立ててグッドのサインを茉莉花に向ける。

茉莉花もアンチョビのガーリックマヨネーズをつけて、カラマリを口にした。

「うん！　美味しい！」

「あ！　展示会に誘ってもらったのに、行けなくてごめんね。一泊二日のオリエンテーションが河口湖《かわぐちこ》であって、昨晩戻ってきたから」

「ううん。また来てね」

佳加の申し訳なそうな顔に、茉莉花はにっこり笑った。

「今度はぜひ！　家元にも会いたいし」

「そうだね。伊蕗さんに会ってほしい。今度食事に行こうよ」

佳加は大事な親友だ。自分の大切な人を伊蕗に知ってほしいと思う。

「楽しみにしてる！　東京っていいよね〜。いろいろなお店があるし、遅くまでやってるし。ちょっと実家が懐かしくなったりするけど、仕事も忙しいから、今はそれほど考える暇がないかな」

運ばれてきた手長エビのトマトクリームパスタを取り分けながら、茉莉花は頷く。

「ずっと街が明るいしね。ときどき実家に帰りたくなるけど、この二日間でみんなに会えたし、しばらく大丈夫。部屋には香苗さんもいるし」

「そういえば、義妹になる人と住んでいるんだよね？　どんな感じ？　大丈夫？　いじめられていない？」

佳加の突拍子もない言葉に、茉莉花はキョトンとなる。

「い、いじめられる？　それはないよ。香苗さんはいい人だよ」

「そうなんだ。よかった。テレビで小姑《こじゅうと》の嫁いびりってたまにやってるから。イケメンの兄を取られたくない気持ちもあるんじゃないかなと思ったの」

茉莉花は笑いながら、首を左右に振る。

「佳加ったら、テレビの観すぎっ」

「そうかも」

半分くらいになったビールをちびちびと飲んでいる佳加だ。お酒は好きだが、それほど強くないので、一杯をゆっくり飲んでいる。

テーブルにのった料理をほぼ食べきったところで、茉莉花は佳加に相談しようと口を開く。

「佳加、間違いだと思うんだけど、入社して健康診断を受けたの。そうしたら心臓の再検査って知らされて……行ったほうがいいと思う？」

最近の体調不良のこともあり、行かなくてはならないと思っている茉莉花だが、佳加に背中を押してほしかった。このままだと、だらだらと何か理由をつけて受けに行くのを後回しにしそうで。

「そうなのっ⁉　それは早く行ったほうがいいよ。再検査して、なんでもなかったら、気持ちが楽になるでしょ？」

佳加は真剣な表情で茉莉花を諭した。

「そうだよね。行ってみる。明日予約するよ」

「健康診断で引っかかって、再検査したらなんでもなかったって、会社の人も言ってた気がする。ちゃんと診てもらいなね」

「ありがとう。そうするね！」

茉莉花は、やっぱり佳加に相談してよかったと笑顔になった。


楽観視していた茉莉花だが、土曜日に再検査をしたところ、心房中隔欠損症だった。心臓の右心房と左心房の間にある〝心房中隔〟と呼ばれる壁に、生まれつき穴があいている疾患。まだ深刻な状態ではないが、医師は早めに手術をするほうがいいと言った。

手術の方法を簡単に話され、茉莉花は恐怖に苛《さいな》まれていた。

病院の帰り道、代々木《よよぎ》公園のベンチに座り、医者の説明を思い出す。

（わたしの心臓……どうしよう……）

その手術は、胸と肋骨《ろっこつ》を切るものだ。茉莉花の心臓にあいている穴は、カテーテル手術ができない場所にあると言われたのだ。

（そうしたら、わたしの身体には大きな傷が残って……）

考えると手が震えてくる。

小刻みに震えるその両手を見つめる。頭に浮かぶのは伊蕗だった。伊蕗はどう思うだろうかと考えると、吐き気が込み上げてきた。

（伊蕗さんは優しいから、手術をすぐに受けるように言うはず……）

手術は恐怖だが、もっと怖いのは、医師が説明してくれたような、胸を縦に切られた醜くなった身体を伊蕗に見られることだ。

涙がポロポロと溢れ出てきて、両手で顔を覆う。

天気がよく、代々木公園で遊ぶ子供たちの声が聞こえてきて、ハッとなる。

（子供だって、何年か待ってもらわなくてはならなくなる）

宝来家にしてみれば、早く子供が生まれ、跡取りが欲しいところだ。実際、道子からそう聞いていた。

伊蕗を愛しているが、このまま一緒になれば迷惑をかけてしまうだろう。とはいえ、今は何も考えられない。

伊蕗は夕方に関西の出張から戻るので、茉莉花は宝来家へ食事に行くことになっている。

現在時刻は十五時過ぎで、一度マンションへ戻り、気持ちを落ち着けなければと、濡れた目をハンカチで拭いてベンチから立ち上がった。


どうしても暗い気持ちになってしまう茉莉花は、服だけでも明るいものにしようとクローゼットを覗いていた。

香苗は稽古があり、朝から実家へ行っている。宝来家の迎えの車が十八時に来ると、伊蕗からメールがあった。

「お義母さまも一緒だから、ワンピースかツーピース……」

茉莉花は薄紫色のシャツワンピースを手に取る。病名を知ったからか、呼吸が苦しい気もしてくる。

（ダメダメ。お医者さまだって、すぐには大変なことにならないって言っていたし。早くシャワー浴びなきゃ）

病院で検査ずくめだったため、頭から足の先まで消毒薬のにおいをまとっているように感じていた。

支度を終えた茉莉花は、迎えの車で宝来家の立派な門の前に降り立った。

「ありがとうございました」

運転手にお礼を言い、門の横にある通用門を通り、敷地の中へ入る。

大きくて平らな石が敷かれた、玉砂利の道を歩く。両脇にあるさつきが満開だ。

立ち止まり、薄いピンクの花を咲かせているさつきを見ていると――。

「茉莉花」

ビジネススーツ姿の伊蕗が歩いてくる。華道展以来、一週間ぶりの伊蕗で、スーツ姿はさらに久しぶりだ。

「伊蕗さん」

声のしたほうを向き、笑みを浮かべる。

伊蕗は颯爽とした足取りで、茉莉花の前まで来て抱きしめる。

「戻ったばかりなんですね？」

伊蕗の腕が解かれ、屋敷に向かって歩を進めつつ、茉莉花は尋ねた。

「ああ。二十分前くらいかな」

「おつかれさまです――」

伊蕗をねぎらう言葉を言っている最中に、屋敷の扉がガラッと開き、中から香苗が出てきた。

「茉莉花さん！」

香苗は稽古で着ていた小紋ではなく、白のブラウスに鮮やかなブルーのワイドパンツ姿だ。

「少しは遠慮というものがないのか？　俺たちが会うのは一週間ぶりだと知っているだろう？」

伊蕗は香苗に顔をしかめてみせる。

「あら、ごめんなさい。そうよね。一週間ぶりよね？　すっかり忘れていたわ」

悪気のない笑みになった香苗に、肩をすくめる。それから茉莉花の背に手を置いて、屋敷の中へ入るように促した。

広い玄関には圭子がひとりで待っていた。茉莉花にお辞儀をする。

「いらっしゃいませ。茉莉花さま」

「こんばんは。お邪魔します」

茉莉花は圭子に頭を下げてからパンプスを脱いだ。

「茉莉花さんっ、『お邪魔します』だなんて他人行儀よ。そうね〜、『ただいま』っていうのはどう？　ねえ？　お兄さま」

「そうだな。『お邪魔します』よりも、『ただいま』のほうが俺的にも嬉しい」

「わかりました。……これから、そうさせていただきますね」

そう答えながらも、心臓のことばかりが気になっていた。

奥のリビングルームはダイニングを兼ねており、八人がけのテーブルのそばで、道子がメイドに指示をしていた。

「茉莉花さん、いらっしゃい」

「お義母さま、こんばんは」

カトラリーを直していた道子は手を止め、茉莉花を出迎えた。

「お座りになって。お食事にしましょう。茉莉花さんに食べていただきたくて、Ａ５ランクの近江牛《おうみぎゅう》をお取り寄せしたのよ」

伊蕗は茉莉花のためにイスを引いて座らせ、自分も隣に腰を下ろす。

「ありがとうございます」

道子はいつも茉莉花のために、美味しいものを食べさせようと工夫をしてくれている。それがわかっているだけに、病気が発覚してしまった茉莉花の心は複雑だ。

（孫を早く見たいお義母さまの気持ちに、応えられない……）

憂慮するような表情をしてしまった茉莉花に、伊蕗は眉をひそめる。

「どうした？　元気がないみたいだ」

「げ、元気はありますっ。A5ランクの近江牛が楽しみだなって、考えてしまいましたから……」

楽しみだとしたら明るい顔になるだろうが、苦し紛れに茉莉花は嘘をついた。

そこへ、メイドふたりがオニオンスープを運んできた。

オニオンスープは、とろとろになったバゲットにチーズがたっぷりかかっており、手の込んだ料理だ。

四人はオニオンスープを口にする。そこへ圭子が道子の元へ近づく。

「奥さま、久礼さまがいらっしゃいました。いかがいたしましょう」

「あら？　美寿々さんが？　いいわ、こちらへ通して。テーブルセッティングをお願いね」

道子は圭子に言ってから立ち上がる。

「母さん、何も食事に同席させなくてもいいのでは？」

伊蕗が顔をしかめた。

「でも、せっかくいらしてくださったのよ？　食事中だからといって、おもてなしをしなかったら失礼でしょう？　いいわよね？　茉莉花さん」

「はい。わたしは構いません」

伊蕗は不機嫌な顔だが、茉莉花は笑みを浮かべた。

「茉莉花……」

大きくため息をついた伊蕗だ。

そこへ、圭子に案内されて、美寿々が部屋へ入ってくる。

「おばさま、お食事中に申し訳ありません。母から、上生菓子だからすぐに持っていくように頼まれてしまって」

整った顔をシュンと曇らせて、美寿々は道子や伊蕗に頭を下げる。浅葱色《あさぎいろ》の着物を着た美寿々は、蘭《らん》のようなしとやかさだ。

「ありがとう、美寿々さん。せっかくだからご一緒にどうぞ。ちょうど食事を始めたところなの」

菓子折りを受け取った道子は、そばに控えていた圭子に渡し、美寿々に座るように言った。

美寿々の席は香苗の隣で、茉莉花の対面だ。香苗から茉莉花に視線を向けて、美寿々は微笑する。

「美味しそうなオニオンスープ。わたし、大好きなんです」

気の利いたことを言えない茉莉花とは反対に、美寿々は話術にも長けていた。

「茉莉花？　冷めるよ。食べて」

ぼんやりしてしまった茉莉花に、伊蕗は食事を促した。

「あ、はい。とても美味しいですね」

茉莉花はそう言ったものの、食が進まない。しかし食べなければ、様子が変だと悟られてしまう。

美寿々が加わったことで、微妙な空気が流れていると感じるのは自分だけで、気のせいだろうと思った。

（家族ぐるみのお付き合いなのだから、お義母さまが誘うのも無理はない）

「伊蕗さん、神戸《こうべ》と大阪へ出張だったとお聞きしましたわ。お忙しいので、お身体に気をつけてくださいね」

美寿々は伊蕗の身体を心配する言葉をかけた。

「茉莉花のおかげで毎日が有意義で、身体もすこぶる健康だ」

「まあ、あてられちゃったわ。本当に仲がよろしくて。溺愛されている茉莉花さんは幸せね」

美寿々はそっけない伊蕗から、茉莉花に話を振る。美寿々が現れてから、話の主導権は道子から彼女に代わっている。道子は笑顔で美寿々の会話を聞いていた。


そのあとも、勝手知ったる美寿々に、茉莉花はあれこれ考えさせられる。

普段、食事が終わったあとは伊蕗が茉莉花を連れ出して、部屋でくつろぐのだが、今日は美寿々がいるため、退出せずにリビングのソファに移動して談笑中だ。

「美寿々さんのおもたせは、確か上生菓子だとおっしゃっていたわね？」

「はい。もしまだ食べられそうでしたら、わたしがテーブルのほうでお茶を点《た》てて、お出ししたいと思うのですが」

「それはいいわね。上生菓子にお抹茶は合いますものね」

道子は、自分の横にあるサイドテーブルに置かれた電話の受話器を持ち上げて、キッチンにいるメイドに抹茶を点てる用意をするように伝える。

美寿々は茶道も得意なのだと、茉莉花は素直に感心してしまう。さすが久礼家の令嬢である。

思いを巡らせていると、膝の上に置かれた左手が伊蕗に握られた。驚いて隣の伊蕗へと頭を上げる。彼は茉莉花に優しく微笑む。

その微笑みに、茉莉花の心臓はドキッと音をたてた。

「美寿々さんが点てたお茶をいただこう」

「あ……しゃしゃり出てしまって申し訳ありません。伊蕗さんや香苗さんもお出来になるのに」

ふたりがお茶を点てられることを思い出した美寿々は、やんわりと謝った。香苗は膝の上にファッション誌を置き、傍観しているといった感じである。

「いや、わたしは茉莉花のそばにいるほうがいい。美寿々さん、お願いします」

「……わかりました」

美寿々は遠慮がちな笑みを浮かべる。その表情は、大人の女性の色香を漂わせているようだ。

女性でも見とれそうになる美寿々の美しさに、茉莉花は心臓が重苦しくなり、席を立つ。

「どうした?」

急に立ち上がった茉莉花に、伊蕗が尋ねた。

「あの……レストルームに」

「ああ。行っておいで」

茉莉花は中座を詫《わ》び、その場を離れた。

（気分的に落ち込んでしまうから、重苦しくなっちゃうんだろうな……）

呼吸を整えるようにして歩いていると、メイドがしゃがみ込んでいた。慌てた様子で、床に落ちた何かを拾っている。

「どうかしましたか？」

茉莉花が背後から声をかけた瞬時、メイドの肩がビクッと跳ねた。

「あの、わたしっ！」

青ざめた顔のメイドは今にも泣きそうで、目が潤んでいる。

茉莉花はメイドの手元へ視線を動かす。木箱の中では、元は美しい花をかたどっていた上生菓子が潰れていた。

「それは……」

「手元が滑って……久礼さまの手土産がっ！　奥さまに叱られてしまいます！」

メイドは動揺し、瞳がさらに潤み始める。

「……そんな。ひどく叱ることなんて、ないです」

「いいえっ！　奥さまはお作法に厳しい方です。こんな失態を演じてしまい……どうしたら……。持っていかなければならないのに」

悲痛な顔のメイドがかわいそうになった。

「わたしがよそ見をしていてぶつかったことにしましょう。わたしが叱られます」

「それはダメです！」

少し叱られるくらいどうってことないと、茉莉花は思う。

「何をしているのですか？　奈央子《なおこ》さん、お抹茶の用意はどうしたの？　奥さまは待たされるのがお嫌いなことくらい、知っているでしょう？」

メイド頭の圭子が、ふたりの背後から厳しい声色で問いかけた。

「あ、あの……」

身体を縮こませたメイドの奈央子が本当のことを話す前に、茉莉花は彼女から木箱を奪い、圭子のほうへ一歩進む。

「すみません！　わたしがよそ見をしていて彼女とぶつかって、落としてしまったんです」

「まあ！」

木箱の中の潰れた上生菓子に、圭子は驚いて声を上げた。

「申し訳ありません。手土産を……」

茉莉花が謝ったとき、突然、美寿々が現れて箱をひったくる。

「なんてひどい……」

苛立ちのため息が美寿々の口から漏れた。

「どうしてこんなことに？　有名な和菓子職人のもので、滅多に手に入らないというのに！」

普段は穏やかで、しとやかな美寿々しか知らない茉莉花は、叱責に驚き、ビクッと肩を跳ねさせる。

「あ、あのっ――」

「申し訳ありません。わたしがよそ見をしながら歩いて、彼女にぶつかってしまったんです。わたしの責任です」

箱を落とした奈央子が口を開きかけたのを、茉莉花は遮った。

「せっかくの上生菓子でしたのに！」

箱を持つ美寿々の手に力が入る。

怒りが静まるまで、茉莉花は静かに話を聞くことにした。後ろで当事者の奈央子はオロオロしており、圭子もどうしたことかと頭を悩ませている。

「ちゃんとそこに手をついて謝りなさいっ！」

そうしなければ美寿々の怒りは収まらないだろうと茉莉花は考え、廊下に膝をつく。

「茉莉花さまっ！」

「お嬢さまっ！」

圭子と奈央子が驚きの声を上げた。

そこへ――。

「いったい、なんの騒ぎだ？」

美寿々の背後から現れたのは伊蕗だった。彼は婚約者へ視線を向けてから、少し後ろに立つメイドの奈央子を見る。そして最後に圭子を見つめる。

「伊蕗さま。茉莉花さまが奈央子さんにぶつかって、久礼さまの手土産の上生菓子を落としてしまったのです」

「そうでしたか。美寿々さん、せっかくの手土産がこんなことになってしまい、申し訳ない」

伊蕗が現れた瞬間、美寿々の顔はシュンとした表情に変わった。

「それで？　まさか、わたしの婚約者に土下座をさせようとでも？」

静かな口調だが、怒りを秘めているのは明らかで、美寿々の顔色が一気に青ざめていく。

伊蕗は茉莉花に近づき、立たせようと手を伸ばす。

「君はわたしの婚約者だ。そんなことはしなくていい」

「伊蕗さん、それはダメです。わたしの不注意なのですから、もう一度ちゃんと謝らせてください」

そう言った茉莉花は膝をついたまま、美寿々へ顔を向けた。

「茉莉花！」

「美寿々さん、申し訳ありませんでした」

伊蕗は立たせようとするが、茉莉花は構わず頭を下げる。

「ま、茉莉花さん、お気になさらないで。早く立ってください」

伊蕗がいる手前、先ほどの激昂《げっこう》を隠し、美寿々は困ったように眉をハの字にさせた。

「茉莉花」

腕を伊蕗に掴まれ、茉莉花は立たされる。

「マンションへ送ろう。おいで」

伊蕗に促され、一歩踏み出す前に、再び美寿々に頭を下げた。

上生菓子をダメにしてしまったことを道子に謝った茉莉花は、伊蕗と香苗と共に、屋敷を出た。道子は『そういうこともあるんだから気にしないでいいのよ』と茉莉花に優しく言い、送り出した。

美寿々には叱られたが、道子は茉莉花に優しかった。メイドの失態とわかれば、彼女が怖がった通り、ひどく叱るのかもしれないが。

自分のやったことは間違っていなかったのだと茉莉花は思うが、土下座をしたことで気分が落ち込んでいた。

門前では、宝来家の運転手つきの車が待っており、三人が姿を現すと後部座席のドアが開く。

「香苗、お前は助手席へ」

運転手がドアを開けた後部座席へ乗り込もうとした香苗は、肩をすくめる。

「仕方ないわね」

自分で助手席のドアを開けて乗り込んだ。

「茉莉花、乗って」

伊蕗は茉莉花を後部座席に座らせ、隣に腰を下ろす。

「わざわざ送らなくても大丈夫です。香苗さんもいるし」

「茉莉花は気にしないでいい」

彼女の沈んだ様子に、伊蕗は髪を優しく撫でた。

運転手が席に着き、車はゆっくり動きだす。

「すまなかった」

「えっ？」

「もう少し早く気づいていたら、君が土下座をすることもなかった」

伊蕗はけじめをつけた茉莉花を誇らしいと思うが、愛する女性が土下座をする姿に胸が痛んでいた。

「わたしのせいですから。美寿々さんの気持ちはわかります」

「いや、君が逆の立場だったら笑って済ませていただろう。あそこまで怒る必要はなかった」

怒りが収まらない様子の伊蕗に、茉莉花はにっこり笑う。

「家元の婚約者なのに、伊蕗さんに恥をかかせてしまいましたね」

「茉莉花、そうやってわたしの気持ちを……。いや、済んだことは仕方がない。忘れよう」

伊蕗は茉莉花の頭を引き寄せ、こめかみに唇を落とす。人前でキスをされたことがない茉莉花は胸をドキッとさせ、運転手や香苗に気づかれなかったか視線を向けた。

そんな茉莉花に伊蕗は微笑む。

（あのメイドさんが、心にしまってくれていればいい……）

「明日は式場を見て回ろうか？」

「あの、伊蕗さんさえよければ、映画とか美術鑑賞に出かけたいです」

心臓のことをはっきりさせなければ、式場を選ぶことはできない。

「そうだな。たまには息抜きにブラブラ出かけるのもいいだろう」

「はい！」

茉莉花はにっこり頷く。

「十一時に車で迎えに行く。それでいい？」

「わかりました」

電車でもよかったのだが、伊蕗は車での移動に慣れているだろうから、任せることにした。

マンションへ到着すると、伊蕗を乗せた車は屋敷に戻っていった。

部屋に入ると、香苗がキッチンへ進む。

「茉莉花さん、何か飲む？　コーヒーが飲みたくて」

香苗はかなりのコーヒー党で、夜に飲んでもすぐ眠れる。反対に、茉莉花は眠れなくなる。

「いいえ。大丈夫です」

断ったが、キッチンへ入り、コーヒーメーカーに粉を入れている香苗の横に並んだ。

「じゃあ、ホットミルクでも？」

あの場にいなかった香苗にはわからないが、事の成り行きは理解している。伊蕗と別れてから、はたから見ても落ち込んでいる様子の茉莉花が気になっていた。

助手席に座っていた香苗の耳に、後部座席の会話は聞こえていた。茉莉花は大丈夫そうにしていたが、それが伊蕗に心配をかけまいとしてのことだと気づいている。

「飲み物はいいです……香苗さん、美寿々さんのことを教えていただけませんか？」

茉莉花の思いは、香苗が考えていることとは少し違った。

茉莉花の中では、心臓のことに思いを馳《は》せつつ、美寿々のほうが宝来家の嫁として相応しいのではないかという考えが、今日の出来事で確信に近くなっていた。その考えのせいで、沈んでいるように香苗には見えている。

道子の対応から、伊蕗と美寿々が家族ぐるみの付き合いなのはわかるが、メイドたちが話していた伊蕗と彼女との関係を茉莉花は知りたかった。

香苗は目を大きくして驚き、横に立つ茉莉花を見つめる。

「どうして彼女のことを聞きたいの……？」

「知っておいたほうがいいと思って」

香苗が話しやすいように茉莉花は何気なさを装い、笑みを浮かべた。

「まあ、そうよね。今日のようなことは、これからもあると思うし。今日はまるで、お嫁さんになるのが美寿々さんみたいだったものね」

上生菓子のことには触れずに、香苗は茉莉花をねぎらい、微笑んだ。

「美寿々さんは……少しきついところもあるけど、いい方だと思います」

（たかが手土産だけど、あの反応は仕方ないのかも。なかなか手に入らない上生菓子をみんなに食べさせたかったのだと思う。土下座は行きすぎだと感じるけど……）

香苗はウォーターサーバーから水を汲《く》み、コーヒーメーカーに注ぎ、口を開く。

「お兄さまと美寿々さんの結婚話が出たのは、ずいぶん前のことよ。お兄さまが二十五歳のときだったかしら」

「わたしと出会う前ですね」

茉莉花が伊蕗と出会ったのは、彼女が十八歳のときだ。伊蕗とは十歳離れているので、彼は二十八歳。婚約が決まったときの伊蕗は、今まで結婚したいと思った人はいなかったと言っていた。

「母親同士、仲がよかったから、親子で頻繁にうちへ遊びに来ていたの。いけばなも小さい頃から習っていたから、お兄さまに唯一近づけるのが美寿々さんだったわ」

「素敵な人が近くにいたら、好きになってしまいますね」

もしも自分が美寿々の立場であったら、幼い頃から伊蕗を好きになっていただろう。

「眉目秀麗で頭がよくて……お兄さまほどの人はなかなかいないと思うわ。そのせいで、わたしは彼氏ができないんだけど」

香苗が伊蕗を尊敬し、兄として好きなのは茉莉花もわかっている。

「美寿々さんのお母さまが、ちょっと欲深い人で、娘をお兄さまと結婚させたがっていたの。お祖父さまは美寿々さんのお母さまを好きではなかったわ。だから、お兄さまによく考えるようにって言ったの」

コーヒーがポットに落ち、香苗はカップに淹れて、立ったままひと口飲む。

「でも、お兄さまはその場で断ったの。妹のようにしか思えないから、と」

伊蕗に美寿々への想いがあるようには、今日見ても考えられなかった。

(でも……美寿々さんは健康で、鳳花流の師範でもあるし、何よりも宝来家に溶け込んでいる……)

「だから、まったく気にすることはないの。お兄さまが茉莉花さんを愛しているのはわかりやすすぎるくらいだもの」

「……香苗さん、ありがとうございました。あ、お風呂、湯張りしますね」

茉莉花はスイッチを押した。

「疲れているみたいね、茉莉花さん。今日はいつもよりも気疲れしちゃったんじゃないかしら。先にお風呂入ってね。わたしは部屋で映画を一本観てからにするから」

現在の時刻は二十二時を回ったところだ。

香苗は映画好きで、休日にはよく観ている。今日は一度もゆったりした時間が持てなかったため、ゆっくりしたかった。


少し経って、茉莉花はバスルームの脱衣所で服を脱ぎ、一糸まとわぬ姿になった。目の前の鏡に自分の身体が映る。きめの細かい、白くて無垢な裸体だ。

胸の膨らみの間にメスを縦に入れられた姿を想像してしまい、瞼をギュッと閉じる。サーッと血の気が引いていく感覚に襲われ、洗面台の縁を瞬時に掴んだ。

（どうしたらいいの……？　正直に言って、伊蕗さんの判断に任せる？　ううん。そんな酷なこと、できない……）

宝来家のご意見番は道子だけではない。口を出したがる叔父や叔母もいる。彼らは道子よりもうるさいのだが、亡き家元が勧めた縁談のため、茉莉花のことは納得している。

しかし嫁が病気だと知ったら、即座に難癖をつけかねない。困るのは伊蕗だ。板挟みになる。

閉じた瞼の裏に、新右衛門の顔が映った。

（お祖父ちゃんに話そう。会社にも迷惑をかけることになるから、井川さんにも……）

明日だけは伊蕗と出かけたい。

茉莉花は下唇をキュッと噛《か》んで、バスルームへ入った。

第七章

翌日、約束の時間の五分前にマンションのエントランスに下りて待っていると、黒い逆輸入国産車が茉莉花の目の前に停まった。

邪魔になると思い、端によけようとしたとき、運転席から伊蕗が出てきた。

「茉莉花。待った?」

白いカットソーに濃紺のパンツという、カジュアルなスタイルだ。

彼自身が運転してきたことに、茉莉花は二重のくっきりした目を丸くさせる。以前、運転中にも電話が入ったりするせいで、だいたい専用車で移動していると言っていたからだ。

「伊蕗さん、車の運転……」

「滅多にしないから、不安?」

伊蕗は片方の眉を上げてから、クスッと笑う。

「そうじゃないですっ。お仕事の電話があるかもしれないと思って」

「毎回デートに運転手がいるのもね。たまにはふたりきりで出かけたい。大丈夫。スマホの電源は切っているから。さあ、乗って。今日は助手席だ」

助手席のドアを開けて茉莉花を促し、席に座らせる。そして自分は運転席側へ回り、乗り込んだ。

「なんだか新鮮ですね。ドキドキしちゃいます」

「俺もだ。初デートみたいな気分になっている」

膝に置かれた茉莉花の手が、伊蕗の大きな手に包まれた。すぐに手は離され、伊蕗は車を動かす。

いつもは運転手に任せている伊蕗だが、運転は好きで、ときどき走らせている。

「上野《うえの》へ行こうと思うんだ。美術館もあるし、動物園もある。行ったことは？」

「ないです！　あの！　動物園へ行きたいです」

茉莉花はキリンが好きで、石川県の動物園に年一回は訪れていた。前回行ったのは去年の夏。佳加と行ったのを思い出す。

「動物が好き？」

「はい。犬か猫を飼いたいとずっと思っていたんですが、お母さんがアレルギーなのでダメだったんです」

「うちにも以前はゴールデンレトリバーがいたんだ。結婚したら飼おうか」

伊蕗のその言葉に、茉莉花は心臓を跳ねさせた。

（結婚したら……）

胸に詰まるものがあり、目頭が熱くなるのを堪えて、笑顔を作る。

「嬉しいです……。あ、上野動物園の近くに美術館もあるんですか？」

「美術館も国立科学博物館もある。動物園へ行っても疲れていなかったら、どちらかへ行ってもいいな」

バッグからスマホを取り出し、国立科学博物館にはどんなものが展示してあるのか気になって検索した。

「国立科学博物館も楽しそうですね」

天気もよく、伊蕗と素敵な場所で、今日一日は思い出作りができる。

（病気のことを考えないようにして、楽しい日にしよう）

運転席の伊蕗に顔を向け、笑みを作った。

デパートの駐車場に車を停め、本館五階にある洋食のレストランでランチを食べたあと、動物園へ徒歩で向かった。

入園したふたりは手を繋ぎ、園内を歩く。

日曜日で晴天とあれば、家族連れやカップルの姿が多く見受けられ、人気のパンダなどは並ばなければ見られないほどだ。

好きなキリンを見てから、周りへ視線を動かす。

「とても広いんですね」

茉莉花はペパーミントグリーンのトップスに、白のAラインのスカートで、同じ白のカーディガンを羽織っている。三センチヒールのパンプスはレモンイエロー。全体的に爽やかな色味で仕上げていた。

今日は足が痛くならないように、低めの履き慣れたパンプスにしている。金沢でデートをしたときは、大人っぽく見せようと新品の高いピンヒールを履き、靴擦れになってしまった。あれは茉莉花にとって、今もときどき思い出してしまうほど恥ずかしいデートだった。

「ああ。足が痛くならなければいいが」

伊蕗も金沢でデートをしたときのことを思い出し、口にした。

「大丈夫です！　見てください」

茉莉花は足を折り、パンプスのヒールを見せる。

「俺にはその高さでも、足を痛めそうに思うよ」

そう言って伊蕗は端整な顔を崩す。その表情に茉莉花も微笑む。

「それに……伊蕗さんの手があるから大丈夫です」

茉莉花は繋がれた手を胸の位置まで持ち上げた。

「帰りがけ、絶対にパンダを見に行きましょうね」

「そうだな。ここまで来たら、有名なジャイアントパンダを見なくては」

キリンの前から離れようと、ふたりが歩きだしたとき、勢いよく駆けてきた三歳くらいの男の子が伊蕗の脚にぶつかりそうになった。

「おっと」

伊蕗は男の子が弾き飛ばされないように、小さな身体に手を添えた。

「うちの子がすみません！」

男の子を追って走ってきた若い女性は、血相を変え、伊蕗に頭を下げる。

「いいえ。転ばなくてよかった」

ブルーのコットンの帽子をかぶった男の子に、伊蕗は優しい笑みを浮かべた。子供に微笑む彼を見て、茉莉花の胸は切なくなる。

「遼太郎《りょうたろう》！　ママから離れて、勝手に走っちゃダメでしょ」

子供を叱った母親は、伊蕗にもう一度深く頭を下げると、息子の手を引き、去っていった。

「可愛いな」

トコトコと歩く後ろ姿に、伊蕗は言葉を漏らした。男の子への対応から、彼が子供好きだとわかる。

「俺たちも数年後には、あんな風に手を引いて歩いているといいな」

「……そうですね」

（胸が苦しい。これは病気のせいではなくて……）

伊蕗と宝来家のためを思うのなら、離れなくてはいけないと、今の出来事で決心がついた。

しかし、離れなければと思っても、すぐに心は変えられない。初めて愛した人だから、なおさら踏ん切りがつかなかった。

（別れないと……）

「――花？　茉莉花？」

「えっ？　あ、はいっ！」

我に返った茉莉花の目の前に、伊蕗の顔があった。優しく見つめる瞳だが、何かを探ろうとしているようでもある。

「ぼんやりしてどうした？　疲れた？」

「い、いいいえ。……パンダのことを考えていました。ごめんなさい」

苦し紛れに出た言葉だ。伊蕗は申し訳なさそうな茉莉花の頭にポンポンと触れる。

「早く見たいんだな？　まだ時間はたっぷりあるが、行ってみようか」

十五時三十分過ぎだ。閉園まで時間はあるが、一番人気のジャイアントパンダを見るにはけっこう並ぶだろう。

頭に置かれた大きな手に泣きそうになりながら、茉莉花はコクッと頷いた。


タイミングがよかったのか、三十分ほど並べば、笹《ささ》をむしゃむしゃ食べているジャイアントパンダを見ることができた。

パンダを見終えて出口まで来ると、伊蕗は腕時計で時間を確かめる。並びに行く途中で他の動物に足を止めていたこともあり、予定していた時刻よりも、かなり時間がかかってしまった。

「動物園だけで、まあまあ時間がかかったな。これから博物館へ行ってもゆっくりは観られないが、行く？」

「いいえ――」

茉莉花が首を横に振ったとき、バッグの中のスマホが鳴っていることに気づく。

「電話が……」

取り出して、着信の相手を見ると香苗だった。茉莉花は画面をタップして出る。

「香苗さん。茉莉花です」

『出てくれてよかった。お兄さまに用があるの。今、一緒よね？　お兄さま、電源を切っていて』

「はい。代わります」

茉莉花は「香苗さんからです」と言い、伊蕗にスマホを手渡した。

(緊急の用事なのかな……)

香苗からの電話に出る伊蕗の顔がしかめられ、深刻そうだ。

「わかった。これから直接、病院へ行く」

香苗との通話を切った伊蕗は、茉莉花にスマホを返す。

「叔母が倒れたそうだ。行かなくては」

茉莉花は驚きで、目を大きく見開く。叔母というのは伊蕗の父の妹に当たる人だ。伴侶を五年前に病気で亡くし、子供もいなくてひとり暮らしだ。

「早く行きましょう」

「どうなるかわからない。茉莉花は顔を出したら帰っていい。病院はこの近くだ」

「とにかく急ぎましょう」

ふたりは車を停めているデパートへ足早に向かった。


三十分ほどで大学病院へ着き、ふたりはエレベーターに乗った。香苗から教えられた病室の前には、不安そうにハンカチを握りしめた道子と、付き添いの圭子がいた。

「ああ……伊藤さん。茉莉花さんも来てくださったのね」

「遅くなってすみません。病状は？」

茉莉花は伊藤の横で頭を下げた。

「お稽古中に突然倒れて。心筋梗塞よ。今は落ち着いているわ。病室の中に香苗がいるけど、わたしは見ていられなくて……」

道子の顔は青ざめていた。茉莉花もたった今病名を聞き、目の前が一瞬暗くなる。

（心筋梗塞……）

オロオロしている母親の様子が気になった伊藤は、圭子に口を開く。

「エレベーターの横にソファがあるから、母を休ませて」

「わかりました。奥さま、少し休みましょう」

圭子は道子の腕に手を添えて歩かせた。道子の後ろ姿を見届けた伊藤は、後ろにいる茉莉花を振り返る。

「中へ入ろう」

茉莉花の背に伊藤の手が置かれ、ふたりは病室へ静かに入る。個室は八畳ほどの広さで、ベッド横のイスに香苗が座っていた。

酸素マスクや、機械から伸びるたくさんの管に繋がれてベッドに横たわる女性に、茉莉花は息を呑んだ。自分と重ね合わせてしまったのだ。

意識のない伊藤の叔母の姿に、茉莉花は足の力がなくなったようにふらついた。

「茉莉花！　大丈夫か？　驚いただろう。座って」

イスに座らされた茉莉花に、香苗が冷蔵庫からミネラルウォーターのペットボトルを手にして渡す。

「茉莉花さん、大丈夫？　気分が悪くなっちゃった？　ここは消毒薬のにおいがするから」

「……すみません。大丈夫です。ありがとうございます」

香苗から差し出されたペットボトルを受け取ったが、伊藤がサッと蓋を開けた。

「飲んで」

茉莉花はひと口、水を喉に通して、ひと息つく。

「香苗、付き添い人の手配は?」

「もう済んだわ。一時間後に来る約束よ。あ、お兄さまが到着したら、先生が病状を話したいって」

「わかった。ナースステーションへ行ってくる。茉莉花、ここで待っていて」

伊蕗が病室を出ていった。

叔母の身寄りといえば実家だけで、道子は動揺しており、宝来家の家長として伊蕗が頼られている。

「叔母さまは大丈夫でしょうか……?」

「今のところ安定しているとお医者さまは言っていたわ。まだ若いんだから、きっとよくなるわ」

香苗は心配そうにベッドへ視線を向け、自分に言い聞かせるように茉莉花に話した。

茉莉花もベッドへ目を向ける。恐れているような、そんな瞳だ。

「ここまで来るのが早かったわね?」

「え? あ、はい。動物園にいて……」

金縛りから解けたように我に返り、隣に腰を下ろした香苗に返事をした。

「動物園にっ？　お兄さまが？」

香苗は大きな声にならないように抑えたつもりだったが、充分に驚いていた。

「お兄さま、動物園に行くのね。驚いたわ」

「とても楽しかったです。最後にパンダを見たあとに、お電話を……」

茉莉花は沈んでいるように香苗には見えた。病人を見たあとでは無理もないが。

「遠くへのドライブ中じゃなくてよかったわ。こんなに早く来られなかったものね。お兄さまがスマホの電源を落としているから焦ったけど、今日は茉莉花さんとデートだったことを思い出したの」

「倒れたのが、叔母さまひとりのときでなくてよかったです」

「そうよね。お稽古中だったからすぐに救急車を呼べたけれど、ひとりだったら助からなかったかもしれないもの」

香苗は深いため息を漏らした。

そのあと、伊蕗と道子が病室へ戻ってきて、手配した付き添い人も来たところで、茉莉花は香苗と一緒に帰ることになった。

「香苗。まだ茉莉花はショックを受けているから、よろしく頼む」

茉莉花の様子が普段と違うのは、こういった病状の人間を見たことがないせいだろうと、伊藤は思っていた。

「わかったわ。行きましょう」

香苗が病室のドアに向かい、茉莉花は伊蕗と道子に挨拶をした。

「茉莉花、ゆっくり休んで。叔母は大丈夫だから」

「はい。……あの、伊蕗さん」

伊蕗に会うのはこれが最後なのかもしれないと思った瞬間、名前を呼んでいた。

「ん？　どうした？」

優しい眼差しで見つめられ、小さく微笑んで首を横に振る。

「なんでもないです……では、失礼します」

ドアの外で待つ香苗の元へ向かった。


その夜、ベッドに横になった茉莉花は、思いを巡らせていた。

（明日、井川さんに病気を告げて、どうなるかわからないけど、手術のときは休職扱いにしてもらえるか話してみよう。その前に家族に話さなきゃ……）

伊蕗の元を去るのなら、実家に戻ったほうがいいのだろうが、今の仕事が大好きで、無事に手術が終わったら職場に戻りたい。それがいつになるかわからないが。

悲しみに襲われ、喉の奥がキュッと締まる。

茉莉花は嗚咽《おえつ》を漏らした。気持ちの行き場がなくて、溢れる涙が枕を濡らしていく。

(伊蕗さんっ……)

子供のようにしゃくり上げ、シーツをギュッと握りしめた。


翌朝は、腫れた瞼を冷やし、メイクで隠してなんとか見られる顔になってから出社した。

すでに井川はデスクに着いており、茉莉花は彼の前へ真剣な面持ちで立つ。

「おはようございます」

「藤垣さん、おはよう」

井川は書類から顔を上げた。茉莉花の曇った表情に眉根を寄せる。

「どうかしたのかい?」

「井川さん、お話があります。少しお時間をいただけますか?」

「話か……」

腕時計で時間を確かめると、立ち上がる。

「今行こうか。下のカフェで話そう」

茉莉花の深刻そうな顔つきに何かを察した井川は、オフィスのソファではなく、カフェに連れ出すことにした。

井川についていきながら、茉莉花の鼓動は緊張しすぎてドクドクと暴れており、鎮めなければと胸に手を置く。

井川はカフェの顔見知りの男性店員に手を上げて、奥の空いている四人がけの席に茉莉花を座らせた。

「井川社長、いらっしゃいませ」

「打ち合わせに使わせてもらうよ。藤垣さんは何にする？　俺はコーヒーね」

「……わたしはカフェオレをお願いします」

男性店員は注文を受けて去っていく。

「藤垣さん、表情が暗いね？　話って、おめでたいことじゃないの？　結婚式の日取りが決まって、花嫁修業をしなくてはならないから辞めたい……とか考えるんだけど」

井川の想像はまったく違ったが、茉莉花は精神的につらくて、呆気に取られるところではない。

「笑わないか。どうしたの？」

話しやすいようにしてくれている井川に感謝した。

「……実は、健康診断で心臓の再検査を」

「えっ？　心臓の再検査⁉」

井川は驚きの声を上げた。

「受けてきたんです。結果は間違いではなく、心房中隔欠損症という病気でした。このままいくと――」

「なんてことだ！　大変な病気じゃないか！　今は？　入院しなくて大丈夫なのか？」

彼は先ほどよりももっと驚き、いつもの落ち着きがなくなっている。そこへ、コーヒーとカフェオレが運ばれてきた。

「飲もう。俺が落ち着かなくては」

熱々のコーヒーをひと口すする。茉莉花もほんの少しカフェオレを口にした。

「手術はできるの？」

「はい。でも、胸を切らなければならなくて」

茉莉花の顔がしかめられた。

「家元はなんと言っている？　早く手術をしたほうがいい」

「……胸を切ったら……傷なんて見せられません。伊蕗さんは大事な宝来家の跡取りで、健康な嫁を望まれているんです。手術が成功するか……いろいろ考えると、別れるほうがいいと……」

「君を愛していれば、傷なんて問題にならないよ」

「だからダメなんです。伊蕗さんはどうしてもわたしと結婚しようとするはずです。でも、宝来家の嫁は、わたしなんかではやっていけません。健康で子供をたくさん産めて、洗練された女性が相応しいんです」

「そんな風に決めつけたらいけないと思うが……」

茉莉花が決めたことに、井川は納得できない様子である。

「仕事のことなんですが、わたしはこの仕事が好きです。手術の際は休職扱いにしていただけないでしょうか？　戻ってきたいんです」

「それはもちろん構わないよ」

井川は間髪を入れずに受け入れた。

「ありがとうございます！」

茉莉花はホッと安堵して頭を下げる。

「とにかく、身体を治すことを第一に考えること。藤垣さんは真面目でセンスもいいから、君がいなくなると我が社の損失だ。待っているからね」

愁眉を開いた茉莉花は、井川に心から感謝した。

その夜、茉莉花は佳加に電話をした。

『茉莉花、検査結果はどうだった？　なんでもなかったよね？』

電話の向こうの佳加は弾んだ声だ。

「それが、あったの」

『ええっ⁉　心臓が悪いってこと？』

素っ頓狂な声を上げて驚いた。

「心房中隔欠損症っていって、心臓の右と左の真ん中にある壁に穴があいているの。先天性疾患で、ほとんどの人は自覚症状がなくて、三十歳になる頃までに呼吸困難の心不全や不整脈の症状が出てくるから、早くわかってよかったと……」

一気に説明をする茉莉花だが、その声は沈んでいた。

『それじゃあ、手術するんだね？』

気遣わしげな声が、茉莉花の涙腺を刺激する。ティッシュでそっと目元を拭き、手術の方法にショックを受けていると話す。佳加もそれを聞いて唖然となる。

『……茉莉花……大変な手術じゃないっ』

「うん……だから、頭と心の中がぐちゃぐちゃで……こんな気持ち、佳加にしか言えなくて。ごめんね……」

涙が止まらなくなってしまった茉莉花だ。

『いいの。いいの。電話してくれて嬉しいよ。話を聞くことくらいしか力になれないし。伊藤さんには話しているんでしょ？』

「……まだ。でも、言わなきゃね……」

『伊藤さんなら茉莉花を支えてくれるよ。早く話しなね』

支えてくれるからこそ、伊藤に申し訳なくて言えないのだ。しかし、話さなければならないのはわかっている。

「うん。じゃあ、また連絡するね」

『詳しいことが決まったら必ずね！』

茉莉花は佳加に約束して、電話を切った。

翌日、無理をしないようにとの井川の配慮で、茉莉花はデスクワークをしていた。経理へ提出する書類作成や、依頼人への見積もり書をキーボードで打ち込んでいく。

今日は退勤後、伊藤と共に入院中の叔母のお見舞いをする予定だ。病院で別れたときはもう伊蕗に会えないと思っていたが、まだ気持ちに踏ん切りがつかないせいで、顔を見られるだけでも嬉しい。

昼には外出から戻ってきた友紀子とランチをして、のんびりした一日だった。

十八時を過ぎ、デスクの上を片づけて帰る支度をしていた。そこへ、井川がやってくる。

「おつかれ。明日は金沢の実家へ行くんだろう？　気をつけて」

井川はスーツ姿で、ビジネスバッグを手にしていた。先ほどまではいつもと同じカジュアルな格好だった。

「はい。二日間、お休みをいただきます。ありがとうございます」

茉莉花はイスから立ち上がり、バッグを肩から提げた。伊蕗との約束は十八時十五分。会社からすぐの大通りで待ち合わせをしている。

井川と一緒にエレベーターへ向かい、口を開く。

「これから取引先へ行かれるんですか？」

「ああ。商談だからね、スーツに着替えた」

エレベーターに乗り込み、すぐ一階に到着する。井川と共にビルを出て歩き始めたとき、急に呼吸が苦しくなった。大きく息を吸い、楽になるように繰り返す。

「大丈夫か？　息苦しい？」

無意識に胸に置いた手に気がついた井川は、茉莉花の肩に触れ、顔を覗き込む。

「だ……大丈夫です……。少し呼吸が乱れただけです……」

そこで伊蕗が見たのは、茉莉花の肩が井川に抱かれているところだった。

「茉莉花！」

呼吸を整えているところへ突然、伊蕗の怒りを抑えたような声が辺りに響いた。

「伊蕗さん……」

伊蕗の目から見れば、ふたりは抱き合っているようにしか見えない。しかし後ろめたい気持ちがない茉莉花と井川は離れずにいた。井川はただ支えているだけ。

「茉莉花から離れろ！」

いつも静かな伊蕗から、井川への怒号。そこで茉莉花は、伊蕗が自分たちのことを誤解していると気づく。

血相を変え、つかつかと近づいてくる伊蕗に息を呑んだ。

（このまま誤解してくれれば……伊蕗さんはわたしを嫌いに……）

「井川さん、ごめんなさい」

小さな声で井川に謝り、肩に置かれていた手に自分の手を重ねる。

「藤垣さん……？」

井川は謝られて困惑した。

親しげに重ねられている手に、伊蕗の視線は釘《くぎ》づけになる。

「茉莉花？　何をしている。その男は誰なんだ？」

華道展では伊蕗が忙しく、井川のことをを紹介できていなかった。伊蕗には、井川が柔らかい雰囲気を持つイケメンに見える。

「……伊蕗さん、ごめんなさい。わたし……好きな人が……」

今、車が一台通れる路地には三人だけだった。伊蕗は、茉莉花が今まで見たことがないほどの怒気を含んだ顔つきだ。

「何を言っている？」

茉莉花を引き寄せようと手を伸ばす。しかし、その手は空を切る。茉莉花が一歩下がったのだ。

「茉莉花？　いったいどうしたんだ？」

突然の茉莉花の態度に、伊蕗が眉根をギュッと寄せる。

「今日は叔母さまのところへ行けません。わたしは彼と……出かけるので」

呼吸が乱れているのに加え、ひどいことを言った茉莉花の心臓は、これ以上ないくらいに暴れて痛みを覚えていた。

　冷や汗がこめかみを伝わるのがわかり、伊蕗には早くここから立ち去ってほしいと祈る。

「意味がわからない。悪ふざけしすぎだ」

　伊蕗の黒い瞳が、顔を歪めている茉莉花を射抜くように見つめる。それから隣にいる井川に対しても。

　井川はものすごい敵意を向けられ、言葉が出なかった。目の前に立つ男は、今にも殴りかかってきそうなほど激昂しているようだ。

「ごめんなさい」

　茉莉花は井川の手を引っ張り、伊蕗の脇を通り過ぎる。

「茉莉花！」

　井川が立ち止まり、振り返って口を開く。

「すみません、今日のところは。彼女、動揺しているようなので」

　伊蕗は彼らに一歩近づくが、歩を止めた。

　茉莉花が好きだと言う彼は、冷静な瞳を伊蕗に向けていた。そこで伊蕗は、自らも冷静にならなければと思ったのだ。

茉莉花は逃げるようにどんどん進む。井川が何か伊蕗に話しているのはわかったが、あの場にはいられなかった。

少し行ったところで、ようやく井川が隣に並ぶ。

「藤垣さん、どうしてあんなことを？　あれでは家元がかわいそうだ。君の病気のことも知らずに。このままでは終われない」

「……井川さん、巻き込んでしまってすみませんでした。わたしに好きな人ができたと思ってもらえれば、伊蕗さんに負担をかけなくて済みます」

頑《かたく》なな茉莉花に、小さくため息をつく。

「わたし……マンションへ戻らずに、これから金沢へ行きます」

部屋にいれば、伊蕗が問いただしに来るだろうと茉莉花は考えた。

「逃げても家元には通用しないよ」

「……わかっています。あとで、好きな人がいるから結婚できないと、ちゃんと言います。本当に申し訳ありません。……お時間、大丈夫ですか？」

井川はスーツの袖を少しまくり、腕時計を見る。

「ああ。間に合うよ。じゃあ、気をつけて。動揺しているからまずは落ち着いて。病気にも悪い」

「はい。……失礼します」

茉莉花はこわばった表情で、ちょうど来たタクシーに向かう井川を見送った。

一時間後、茉莉花は北陸新幹線に乗っていた。実家へ到着するのは二十三時くらいになりそうだ。香苗が心配することを考えて、友人のところに数日泊まるとメールをする。

金沢へ向かう間、伊藤から着信が何度もあり、スマホの電源を落とした。

画面に表示される【大好きな伊藤さん】の文字を見るたびに、胸が苦しくなった。


「ただいま……」

連絡もなく実家の玄関に現れた茉莉花に、出迎えた佐江子は、鳩が豆鉄砲を食らったような顔になる。

「びっくりするじゃない。突然どうしたの？　連絡もなしに。しかも今日は平日じゃないの。仕事はどうしたの？」

驚いている佐江子は、パンプスを脱いでいる茉莉花に続けざまに言った。

「お母さんたちに話があって……でも、今日は疲れすぎて……話は明日にしたいの」

「話？　なんなの？　どうして顔色が悪いの？　夕食は食べたの？」

娘の青ざめた暗い表情に、眉をひそめる。

茉莉花は「新幹線の中で食べた」と答えた。実際は何も口にしていないが、早く自分の部屋に入り、ひとりになりたかった。

「……わかったわ。ちょうど昨日お布団を干したところだから」

佐江子は茉莉花のただならぬ様子が心配だったが、それ以上は何も言わない。

「ありがとう。おやすみなさい」

茉莉花は自分の部屋へ向かった。

新右衛門と慎一郎は二十二時くらいまで酒を飲み、すでに床についている。もう一時間ほど早く帰っていれば、放っておいてはくれなかっただろう。

茉莉花は部屋のベッドにそのまま横たわり、目を閉じる。背中に当たるのは懐かしい感覚。マンションのベッドは茉莉花の身体を包み込むような寝心地で、実家のものはやや硬めだ。

目を閉じると伊蕗の顔が思い浮かび、茉莉花の目尻から涙がツーッと流れ、枕を濡らした。

（これでよかった。納得してもらうには、井川さんの名前が必要だけど……）

精神的に疲れきっていて、メイクも落とさずに、そのまま眠りに逃げた。

翌朝は七時に目を覚ましたが、まだ新右衛門たちに話すには時間と勇気が必要で、部屋からは出なかった。

もそっとベッドから下りてドレッサーの前に立つと、腫れぼったい目をしている。

「ひどい顔……」

ボソッと呟き、もう一度ベッドに戻った。

一方、朝食の席で、家族は佐江子から茉莉花が昨晩帰ってきたことを聞いた。

茉莉花のただならぬ様子を聞いた新右衛門は、あえて呼びには行かず、話ができるまで待つことに決め、朝食後、窯場へ息子と共に向かった。

昼食の際に話そうと、なんとか勇気をかき集め、茉莉花はシャワーを浴びて気持ちをしゃんとさせる。

クローゼットにかけてあった、白黒の細かいギンガムチェックのAラインワンピースを着た。このワンピースは、伊藕と金沢でデートをしたときに着た服だ。

あのときの、戸惑っていたけど幸せだった自分が頭に浮かんだが、首を左右に振る。

感傷に浸るのは、家族に話をしてからだ。しっかり話そうと部屋を出る。

キッチンへ行くと、佐江子が昼食の準備をしていた。

「座りなさいな。今、麦茶を淹れるから」

佐江子は傷心したような娘を心配しつつ、冷蔵庫から麦茶のポットを出す。茉莉花はテーブルに着くと、目の前に置かれた麦茶に手を伸ばす。

キッチンに、かつお節のにおいが漂っていた。昼食はざる蕎麦で、麺つゆは佐江子特製のものだ。慣れ親しんでいた香りに、ホッと安堵した。

「茉莉花がそんな顔をするってことは、よほどのことがあったのね？」

「ん……」

そこへ、勝手口から新右衛門と慎一郎が戻ってきた。

「茉莉花！　驚いたぞ。どうしたんだ？　話は深刻なものなのか？」

「お祖父ちゃん、お父さん、ただいま」

心配そうな顔をしているふたりは、それぞれ自分の席に腰を下ろす。茉莉花は新右衛門の対面の席だ。

「……大事な話があるの」

喉の奥から振り絞った声を出した。

「大事な話？」

新右衛門は首を傾げ、茉莉花を見つめる。じっと見つめられて、茉莉花はまだ突っ立ったままの佐江子に声をかける。

「お母さんも座って」

大きく深呼吸をしたところで、健康診断に引っかかり、心臓の再検査を受けたことと、その結果、心房中隔欠損症で手術が必要だということを静かに話した。三人は寝耳に水といった様子で、声も出せない。

「……それで、今の身体の状態は？　きついのか？」

「ううん。お祖父ちゃん、大丈夫。……でも手術をしないと」

「もちろんだ。手術をすれば治るんだろう？」

慎一郎と佐江子もそこが心配である。なんといっても可愛い娘だ。

「うん。でも、手術の方法が、胸を開くものなの。カテーテル手術というのもあるんだけど、穴の場所が難しいところにある、と……」

「手術は仕方ないけど、胸を……」

同性である佐江子は、胸を開くということの重大さに気づく。

「……胸の真ん中に大きな傷が残るの……いつかは薄れていくけれど」

「伊蕗くんには言ったのか？」

新右衛門に神妙な面持ちで尋ねられた茉莉花は、首を左右に振る。

「わたし、別れようと思ってるの」

佐江子が息を呑む。

「まあ！　傷があっても、伊蕗さんは茉莉花を大事にしてくれるわよ」

「だからなの。伊蕗さんは大事にしてくれる。でも、宝来家のためを思ったら、健康なお嫁さんが必要でしょ」

大事な人と一緒にいたい。それはずっと考えていることで、気持ちは海原に漂う小舟のようにユラユラと揺れている。伊蕗に『気にするな。妻になってほしい』と言われたら、すんなりと頷いてしまいそうなほどに。

腕を組んで話を聞いていた新右衛門が、大きく頷く。

「……茉莉花。婚約を解消しよう。残念だが、病気のお前を、嫁にやるわけにはいかない」

「……うん」

新右衛門ならそう言うと思っていた茉莉花だが、やはりその言葉を聞くと、ずしっと重い気持ちになってしまった。

話が終わったところで、茉莉花はイスから立ち上がる。

「ちょっと散歩してくる。今日も泊まるから。手術のことは、あとで話すね」

ひとりになりたくて、困惑する家族から逃れてキッチンから出た。


その夜、食事が終わってから、茉莉花は外に出た。家族の同情の視線をひしひしと感じ、息が詰まりそうだった。智也はアルバイトでまだ帰っていない。

(伊藤さんと対峙《たいじ》するのは……勇気が出ない。……でも、婚約を続けているわけにはいかない)

今夜は満月だ。伊藤と出会ったときを思い出す。

(長い付き合いだけど、普通のカップルより会う機会が少なかったな。それでもわたしは伊藤さんを愛して、彼も愛おしんでくれた……そうだよね？　だから伊藤さんのためにちゃんと別れなきゃ……)

丸い月を見上げて、考え事にふけっていると、門前にタクシーが停まったのが目の端に映る。

(こんな時間に、誰？)

夕食を食べ終わったのは二十時近くだった。それから庭に出て十五分くらい経っただろうか。

(お祖父ちゃんに用事で来た人かもしれない)

インターホンを鳴らすだろうと、無視を決め込んでいたところへ――。

「茉莉花」

驚くことに、伊蕗の声が暗がりに優しく響いた。ハッとして振り返り、茉莉花は目を見張った。

「……どうしてここが?」

香苗には、友人のところに数日泊まるとメールをしただけ。

チャコールグレーのスーツ姿の伊蕗は、足早に茉莉花に近づく。そして、茉莉花を自分の懐に引き寄せた。

「い、伊蕗さんっ⁉」

まだ何も知らない伊蕗がどうして追ってきたのか、茉莉花には皆目見当がつかない。

茉莉花はギュッと力強い腕で抱き込まれる。伊蕗のいつもの爽やかな香水の香りがふんわりと漂い、茉莉花の胸をドキドキさせる。

好きな人ができたと言ったからには、すぐに伊蕗から離れなければならない。伊蕗の腕の中から逃れようとする。しかし、腕の力は緩まなかった。

「俺が君を手放すと思ったのか？　あんなわかりやすい嘘をついて、俺が納得するとでも？」

「伊蕗さん……」

ハッとして再び顔を上げ、伊蕗を見つめる。

「病気のこと、井川社長から聞いた。自覚症状はほとんどないと聞いたが、大丈夫なのか？」

「い、井川さんが⁉」

「ああ。電話をもらって、会ったんだ。君が俺のことを想って、自分のことが好きだという見え透いた嘘をついたと話してくれた。それで、実家へ帰ったとも教えてくれたよ。痛みはない？」

井川は伊蕗に連絡を取り、本当のことを話したのだ。

伊蕗は茉莉花の髪に口づけを落としてから、抱きしめていた腕を解く。

「ないです……だから、検査の結果がショックで……」

「君は優しいから、俺から離れる決心をしたんだろう？　そんなことは絶対に許さない。どんな茉莉花でも俺の愛は変わらない。俺がどれくらい嫉妬に狂ったのかわかるか？　必死に冷静になろうとしていたよ」

「伊蕗さん……ごめんなさい」

茉莉花の目頭が熱くなり、ポロポロと涙が頬を流れる。

「……でも……どうすればいいのかわからない」

愛していると言われれば言われるほど、申し訳ない気持ちでいっぱいだ。

「俺を頼ればいい。なんのために俺がいるんだ？」

涙が止まらない茉莉花に、伊蕗は瞼にそっとキスを落としてから、茉莉花が何か話そうとした唇を塞いだ。

「ここのところ、様子がおかしいのは気づいていた。病室で気分が悪くなったのは、叔母と自分を重ねてしまったからだったんだな」

「……はい。わたしもあんな風になるのかと思ったら、目の前が暗くなってしまって。叔母さまは大丈夫ですか……？」

「ああ。薬物療法で治療をしていくよ。叔母は年だが、茉莉花はまだ若い。手術をすれば治る。傷だって薄れていく」

頬に伝わる涙を、伊蕗が親指の腹で優しく拭う。

「わたし……宝来家の嫁として――」

「君は俺に愛されている。宝来家の嫁ではなく、俺の嫁だ。俺が全力で支える。何も心配することはない。母にもすでに話をして、わかってくれている。心配していたよ」

茉莉花の不安は少しずつ解けていく。

「本当に……？　わたしでいいの……？　美寿々さんのような人が――」

言いかけた茉莉花は再び引き寄せられ、抱きしめられる。

「彼女に気持ちはない。愛のない結婚はしない。彼女がよければ、茉莉花と会う前に結婚していた。俺はここで恋に落ちたんだと言っただろう？」

伊蕗はもう一度、濡れた瞳の茉莉花に微笑み、キスをした。

「うわっ！　びっくりした！　誰がこんなところで抱き合っているのかと思ったら、伊蕗さんと姉ちゃんかよ」

智也の声に、茉莉花はビクッと肩を跳ねさせ、伊蕗から慌てて離れる。

自転車を停めた智也はふたりへ近づく。

「伊蕗さん、こんばんは。突然ふたりで来て、どうしたんですか？」

「こんばんは。お祖父さまに話があってね」

抱きしめられてキスをされているところを智也に見られてしまい、茉莉花は恥ずかしくて弟を見られない。暗がりでわからないが、耳まで赤らんでいた。

「い、伊蕗さん。中へ入りましょう」

ばつが悪い茉莉花は、伊蕗の袖を引っ張り、玄関へ足を向けた。

「姉ちゃん、別に恥ずかしがることはないさ。婚約しているんだしな。逆に俺のほうが見ちゃって恥ずかしいよ」

そう言って、智也は先に玄関へ入っていく。

智也は大学生だが、しばらく離れているうちにずいぶん大人になった気がした茉莉花だった。

囲炉裏の部屋に、伊蕗と茉莉花はいた。新右衛門と両親が、並んで座るふたりを見守っている。

「――それでは、君は絶対に茉莉花と別れないと?」

新右衛門は、伊蕗の黒い瞳をまっすぐに見つめる。

「はい。愛していますから。どんな茉莉花さんでも守り、愛を貫きます」

伊蕗の揺るぎない言葉に、新右衛門の目がうっすら潤む。

「ありがとう。君の性格は竹豊さんによく似ている。竹を割ったような性格で、男気に溢れている。茉莉花は幸せだ」

「伊藤くん、ありがとう」

慎一郎も喜び、安堵していた。話し好きの佐江子が、今は感涙で言葉も出ない。

「佐江子、伊藤くんの部屋を用意して。まだ夕食も食べていないだろう?」

新右衛門に言われ、佐江子はエプロンで涙を拭いた。

「いいえ。早朝の新幹線に乗らなければならないので、金沢駅近くのホテルを予約しています。またゆっくり来させていただきます」

「忙しいのに来てくれて、本当にありがとう」

「茉莉花さんに逃げられないように必死です」

伊藤は端整な顔を崩す。

「本当に茉莉花は幸せ者だ」

新右衛門の呟くような声に、茉莉花はコクッと頷いていた。


タクシーは、金沢駅から車で五分ほどの高級ホテルへ向かっていた。後部座席に座る伊藤の隣には茉莉花がいる。

「一緒に来てよかった?　家族が寂しがるんじゃないのか?」

茉莉花は小さく微笑み、首を横に振る。

「伊蕗さんと一緒にいたいのだと、わかってくれています」

一緒に行きたいと話すと、すんなり『そうしなさい』と新右衛門は言ってくれたのだった。

茉莉花は伊蕗の肩に頭をのせた。ふたりはぴったりとくっつき、ホテルに到着するまで握った手を離さなかった。


木をふんだんに使った、落ち着いた趣のある空間のカウンターでチェックインを済ませ、部屋に案内された。

このホテルは庭が美しく、四季折々でいろいろな表情を見せてくれて、料理も美味しいと地元でも評判なのは茉莉花も知っていた。こういったところの情報には疎い茉莉花だが、方々にアンテナを張っている佳加から聞いていたのだ。

部屋はゆったりとしたセミダブルベッドのツインルーム。一段高い畳のスペースがあり、そこにローテーブルが置かれていた。

伊蕗についてきたのは、理由があった。しかし、ひとつの部屋に並んだベッドを目の当たりにすると、そわそわと落ち着かない気分になる茉莉花だ。

夕食を済ませていない伊蕗はルームサービスで寿司を頼み、茉莉花も新鮮なネタの美味しさに惹かれ、つまんでしまった。五貫ほど食べて、太ってしまう、と罪悪感に襲われる。

「夕食を食べたのに……」

「もっと食べるといい」

二人前頼んでおり、自己嫌悪で顔をシュンとさせる茉莉花に、伊蕗は笑いながら勧めた。茉莉花は首を左右に振る。

「伊蕗さんが召し上がってください。わたしはもう充分です」

「それじゃあ、先にお風呂へ入って」

「では、お先に……」

立ち上がり、旅行バッグから必要なものを取り出して、バスルームへいそいそと向かった。

ドアを閉めて、ホッとため息をつく。伊蕗から離れてみると、身体がガチガチに緊張していた。

（ふたりで泊まるのは初めて……こんな展開になるなんて思ってもみなかった。井川さんには本当に感謝しかない）

茉莉花は、自分の考えだけで空回りしてしまっていたのを反省している。

伊蕗のためにと思ったのだが、金沢まで来させて、かえって迷惑をかけてしまった。

バスルームから出て、持参してきたパジャマではなく、ホテルの白いふかふかのバスローブを身につけた。グリーンのパジャマでは色気がないと思い、膝丈のバスローブを選んだ。

ドライヤーで乾かした黒髪は、さらさらと指通りがよくなり、肩にふんわり流す。鏡に映る瞳は不安そうであるが、自分の顔を見て大きく頷き、洗面所を出た。伊蕗はローテーブルの上に出したノートパソコンで仕事をしていた。

「お待たせしました」

「いや。俺も入ってこよう」

ノートパソコンをパタッと閉じて、あぐらをかいて座っていた伊蕗が立ち上がる。

(伊蕗さんが戻ってくるまで、二十分くらい？　うー、ドキドキする……)

バスルームへ伊蕗が入ってしまうと、茉莉花はスリッパで部屋をウロウロして、一段高くなっている畳の上に座ってみたりと、どうにかして高鳴る気持ちを紛らわせたかった。

茉莉花は今日、伊蕗に抱いてもらおうと決心していた。

(傷ひとつない綺麗な身体を愛してほしい……)

手術後、抱きたいと思われなくなるかもしれない。

(わたしだって、その傷に目を背けたくなるかも……)

茉莉花の手が、バスローブの合わせ目をギュッと握る。未経験の自分が、伊蕗を誘惑することができるだろうか。

(正直になって、気持ちを言えばいいの)

しばらくして、白いバスローブを着た伊蕗が現れた。まだ髪は濡れていて、タオルでガシガシ拭く男の色気をまとった姿に、茉莉花は目のやり場に困り、視線を逸らす。

少し緩く着たバスローブの合わせ目から覗く鎖骨や喉仏、鍛えられた厚い胸板に、ドキドキと心臓が暴れる。

畳の上に腰かけていた茉莉花は、おもむろに立ち上がると、髪を拭いている伊蕗の元へ進み出た。

「伊蕗さん……」

「どうした?」

伊蕗は髪を拭く手を止めた。その端整な顔を見つめ、茉莉花はバスローブの紐に手をかけて解く。

「茉莉花？」

「手術前に……抱いてほしいんです」

恥ずかしくて視線を紐に移し、肩からバスローブを外した。絨毯の上にバスローブがバサッと落ちる。

下着姿を伊蕗の目の前に晒《さら》した。しかし、恥ずかしくて顔が上げられないでいる。

伊蕗の指先が茉莉花の顎に触れて、そっと持ち上げた。

「抱いても大丈夫なのか？」

熱のこもった瞳で見つめる伊蕗に、コクッと頷く。

「もう待たないでください……」

茉莉花は伊蕗に抱きついた。次の瞬間、茉莉花の身体がふわりと浮き、抱き上げられ、ベッドに横たえられる。

伊蕗は両手を茉莉花の顔の横に置き、覆いかぶさった。

「茉莉花……愛している」

今まで聞いたことがないくらいの甘く掠《かす》れた声に、茉莉花の腰が疼《うず》き始める。

「……伊蕗さん、愛しています」

目と目を合わせていられない茉莉花が瞼を閉じたとき、唇が重なった。上唇と下唇を交互に食まれ、熱い舌が口腔内を貪る。

「んっ、はあ……」

舌が絡み、巧みなキスに翻弄され、夢中で応えた。

ブラジャーの上から胸を大きな手で包まれ、肩から紐が外された。カップの部分が下ろされ、張りつめた膨らみが露わになる。

「綺麗だ。どんな傷があろうと、君は美しい」

「伊蕗さん……」

茉莉花の瞳が揺れて潤む。

「君が欲しくてたまらない」

伊蕗は着ていたバスローブを脱ぐと、再び覆いかぶさり、穢《けが》れのないピンク色の頂を濡れた舌で舐《な》め取る。

指や舌で頂を舐《ねぶ》られ、その気持ちよさに茉莉花の緊張は徐々に解け、伊蕗に委ねられていった。

伊蕗の温かい腕の中にいる茉莉花の髪が、ゆっくり梳《す》くように動かされている。

間接照明の明かりは少し落とされていた。心地いい明かりがふたりを包んでいる。

「身体は？　なんともない？」

茉莉花はコクッと頷き、伊蕗を上目遣いで見た。

「好きな人に抱かれるのって、こんなに満ち足りた気持ちになるんですね」

「そんな目で見つめないでくれ。また茉莉花が欲しくなる。自制しないとな」

端整な顔に苦笑いが浮かぶ。

「そういえば……伊蕗さんはいつも持っているんですか？　もしかして浮気を……？」

伊蕗がなぜ避妊具を持っていたのか、不思議になった。

「ネタばらしをしても、智也くんに何も言わない？」

「どうして智也が出てくるんですか……？」

タクシーに乗り込む前に、智也が伊蕗に話しかけていたことを思い出す。

あのとき、智也は『持っていると思いますが……』と言い、小さな箱をコソッと伊蕗に渡していたのだ。

「ああっ！　もしかして、智也が？」

「智也くんも大人だからな。詮索しないこと。いいね？」

茉莉花の顔が真っ赤になった。

「智也にバレていたなんて……」

「用意周到で、気が利いて、俺より大人だな」

一度抱けば、さらに何度も茉莉花を乱したくなる。大人になった身体を欲し、飽くことなく抱きたい。でも今は湧き上がってくる欲望を抑え、茉莉花の髪に唇を当てた。

(二歳年下なのに、避妊具を持っていたということは、彼女と……)

智也が高校生の頃から彼女がいることは知っていたが、姉の自分より大人だったということだ。考え込んでしまった茉莉花の額に、ちゅっと唇が落とされる。

「目を閉じて。茉莉花が眠るのを見ているから」

「伊藤さんも寝てください。寝顔を見られるなんて恥ずかしいですから」

「君の寝顔はずっと見ていられる」

祖父の竹豊の葬儀のあとを伊藤は思い出していた。

「伊藤さんも目を閉じないと、寝ませんからね」

「わかったよ。俺も寝る」

頭を起こし、瞼を閉じた茉莉花の唇にキスを落としてから、間接照明をもう一段階暗くした。


東京に戻った翌日、茉莉花は伊藤に付き添われて、都内の大学病院を受診することになった。心臓血管外科の著名な医師がおり、もう一度検査をしてもらうために。

西園寺《さいおんじ》光希《みつき》医師は、アメリカで最先端の手術支援ロボットについて学び、対象は成人に限られているが、開胸せずに数個の穴から内視鏡の遠隔操作だけで手術をする技術を持っている。伊蕗が茉莉花の病名を調べ、たどり着いたのが西園寺医師だった。

「西園寺と申します」

伊蕗と同じくらい身長が高く、目鼻立ちの整ったイケメンの西園寺医師は、挨拶をしてから検査事項を説明していく。まるで白衣を着たモデルのようだ。

〝静〟を想像させる和の伊蕗とは正反対に見える西園寺医師は、〝動〟のイメージで、キラキラした王子さまのような雰囲気を備えている。

「では、検査室へは看護師が案内します」

西園寺医師は、後ろに控えていた年配の看護師に頷く。

「よろしくお願いします」

伊蕗と茉莉花はイスから立ち上がり、西園寺医師に頭を下げて、看護師のあとをついていった。

数種類の検査をした結果、開胸せずに手術支援ロボットで手術ができることになった。それを行える医師は日本ではまだ数人。この施術による傷は小さく、極めて少ない出血量で、術後の疼痛《とうつう》が軽減される。退院までは三日から十日と早く、社会復帰もすぐにできる。

説明を受けた茉莉花の安堵感はこのうえなく、涙が溢れ出たほどだった。伊蕗も家族も胸を撫で下ろした。

西園寺医師の手術を受けられるのは、一ヵ月後になった。七月の初旬だ。

佳加に電話でこのことを話すと、本当によかったと喜んでくれた。

検査の翌日、茉莉花は出社した。まだ始業時刻の一時間前だが、井川がデスクに着いていた。オフィスには井川以外誰もいない。

オフィスに入ってきた茉莉花に、井川は笑顔になる。まだ伊蕗とのことや手術のことは知らせていなかったが、茉莉花の花が咲いたような笑みに、何かを悟ったようだ。

「井川さん、おはようございます」

デスクに近づき、茉莉花は挨拶をした。

「おはよう。出社して大丈夫なのかい？」

「はい。井川さん、ありがとうございました。まさか伊蕗さんに連絡するなんて思いも寄らなかったです。井川さんのおかげで、伊蕗さんと別れずに済みました」

一礼して、清々しい笑みを浮かべた。

「手術なんですが、胸を大きく切らなくていい方法で受けられることになりました。無理やり好きな人という設定にしてしまい、申し訳ありませんでした」

もう一度ペコッと頭を下げる。

手術は怖いが、以前ほどの悩みは払拭されて、今の茉莉花は幸せだ。

特に、伊蕗に愛されていると実感し、あのときの悩みはなんだったのだろうと思うほどである。

「家元のことはよく知らないが、展示会では、君を愛していることが目に見えていたからね。絶対に藤垣さんを手放さないと思ったんだ。同じ男としても、愛する人を絶対に手放さない気持ちはわかる。うまくいって本当によかった」

「ありがとうございます。悩みが嘘みたいになくなりました。井川さんが動いてくださったからです」

「動いたって……」

井川はおかしそうに笑った。

「とにかくよかった。で、手術はいつに？」

「七月の初旬です。入院も三日から十日くらいで済むようで、術後二週間ほどで出社できると思います」

「心臓の手術なのに、入院期間がそんなに短く済むのか。くれぐれも無理はしないでくれよ」

「はい。ありがとうございます。ご面倒をおかけしますが、よろしくお願いします」

そこでスタッフがひとりふたりと現れ、茉莉花は自分の席に戻った。

第八章

その週の土曜日、茉莉花は道子から話があると言われ、屋敷に呼ばれた。伊蕗は午前中にいけばな協会で集まりがあり、夕方から会う予定だった。

道子が呼び出す理由は、伊蕗とのことだろう。何を言われるのか茉莉花は緊張しつつ、屋敷のリビングのソファに座っていた。

圭子がお茶とカステラを茉莉花の前へ置く。

「今日は突然呼び出したりして、ごめんなさいね。どうぞ召し上がりながらお話ししましょう」

道子の笑顔で、茉莉花の張りつめていた気持ちがほんの少し緩んだ。

「茉莉花さん、今回のことはびっくりしたわ。そして、我が家のことを考えて身を引こうとしたと伊蕗さんから聞いて、わたしは心を痛めたの。わたしはあなたに早くお嫁さんになってほしいのよ。どうかしら？　先に籍を入れるというのは？」

道子の言葉に、茉莉花は目を大きくする。

「お義母さま……」

「伊蕗さんに早く落ち着いてほしいの。茉莉花さんのお仕事も続けてくださって構わないわ」

そう言い、道子は優雅な所作で湯呑を口元へ運ぶ。

まだ心房中隔欠損症を患っており、治ると確約されているわけではない自分に優しい言葉をかけてくれる……義理の母になる人のその気持ちが、茉莉花は嬉しかった。

「香苗と一緒に住んでいて、どう？　あの子はまったく料理ができないから、茉莉花さんの負担になっているのではないかしら。本当にごめんなさいね」

「負担だなんて思っていません。金沢から上京して、東京のことは何もわからないので、香苗さんがいてくださってありがたいです」

今まで充分にわがままを聞いてもらっている。茉莉花はいい嫁になりたいと思った。

「伊蕗さんには、このことはまだ言っていないの。どうぞカステラも召し上がって」

道子は自分もカステラを切り分け、口にする。

「退院後も、うちなら面倒を見てくれる者がいるわ。そうそう、メイドの奈央子から話を聞いたわよ。彼女が叱られないように庇《かば》ってくれたのね。なんて優しい娘さんなんでしょうと、わたしは胸が熱くなりましたよ」

彼女は嬉しそうな笑みを浮かべた。

「奈央子さん、話してしまったんですね……黙っていればよかったのに……」

「実はうちのメイドたちは、あなたのことをまだまだ子供で、伊蕗には相応しくないと思っていたみたいなの。こんなことを言ってごめんなさいね」

道子は一旦言葉を切り、お茶をひと口飲んで喉を潤す。

メイドたちの気持ちをはっきりと道子から教えられ、落ち込みそうになる茉莉花は、その気持ちをごまかすようにお茶を飲んだ。

「メイド同士で下世話な話をしていたものだから、奈央子が『茉莉花さまは、わたしのミスをかぶってくれた、優しくて素敵な人です』と他のメイドたちに話したの」

驚いて、茉莉花の目が大きくなる。

「それで……お義母さま、奈央子さんをお叱りに……？　わたしが勝手にしたことなんです」

「叱ってはいないわ。むしろ、ちゃんと本当のことを話して、あなたの味方になったことが嬉しくて。他のメイドたちも好意的になってくれたと圭子が言っていたわ」

奈央子が叱られないで済み、ホッと安堵した。

「たとえそのことがなくても、あなたはわたしのお気に入りだということを、メイドたちにはわからせるつもりでしたけど」

フフフッと笑った道子だが、茉莉花は困惑する。

（わたしがメイドたちに気に入られていなかったことを、ご存じだったんだ……）

道子は、昔から知っている美寿々が伊蕗の妻になってくれればといいと思っているのではないかと、茉莉花は考えていた。ところが今、その懸念が払拭された。

「退院後、我が家で療養しなさいな。わたしもだけど、メイドたちも手厚くお世話をするから」

茉莉花は嬉しくて、コクッと頷いていた。

「……お義母さま。わたし、ここで一緒に住まわせていただきたいと思います」

憂いのあった道子の顔が、一気にパアッと明るくなる。

「まあ！　本当に？」

「はい。ぜひお願いします」

茉莉花はすっくと立ち上がり、深々と頭を下げた。

「嬉しいわ～。なんて幸せなんでしょう。さっそく伊蕗さんのお部屋をリフォームいたしましょうね。ふたりで住むには狭いから、隣の部屋も続き部屋にしましょう」

伊蕗の部屋を狭いとは思わない茉莉花は、慌てて大きく首を左右に振る。

「大丈夫です！　リフォームも必要ないです」

「リフォームは必要よ。新婚さんなんだから。ああ、楽しみだわ。すぐ伊藤さんに話さなければ」

「何が『話さなければ』なんですか？　茉莉花、母さんに呼び出されたのか？」

怪訝そうな伊藤の声がドアのところから聞こえた。母親から茉莉花へと、憂慮しているような視線を向ける。

「伊藤さん、早かったのね。いいお知らせよ」

スーツ姿の伊藤はネクタイを緩め、茉莉花の隣へ腰を下ろした。

「いい知らせ？」

母親を見ずに、片方の眉を上げて、茉莉花へ問いかけるような表情を作る。

「茉莉花さんからお知らせして」

道子は身を乗り出すようにして、茉莉花が話すのを待っている。

「伊藤さん、わたし、籍を入れていただこうと思います。マンションを出て、ここに住まわせていただきたいと」

「……茉莉花、自分の言っていることがわかっている？　結婚式の前に入籍を済ませて、同居するってことだよ？　ちょっと庭へ出よう。母さん、少し出てきますよ」

「えっ？　伊藤さん？」

茉莉花は伊蕗の反応に困惑した。てっきり喜んでくれると思ったのだが。

憮然《ぶぜん》とした表情で伊蕗は立ち上がり、茉莉花の手を取って、強引にリビングを出ていく。そのまま、錦鯉がいる池まで茉莉花を連れ出した。そして口を開く。

「母さんに強要されたのか？」

「そんなこと、されていません。どうしたんですか？ 喜んでくれないのですか？」

瞳に戸惑いの色を浮かべた茉莉花は、首を傾げるようにして伊蕗を見つめた。

「いや、喜んでいないわけじゃない。だが、今のままで結婚式まで自由でいたらいいと思ったんだ。いずれは同居するんだから」

伊蕗は茉莉花の肩に流れる黒髪をゆっくり撫でる。

「わたしのためを思って……お義母さまは、仕事を続けてもいいとおっしゃってくださいましたし、香苗さんがいなくて寂しいのだとも思います。それに……」

「それに……？」

茉莉花の髪を撫でている指が止まった。

「……わたしは毎日、伊蕗さんに会いたいです」

恥ずかしがり屋の茉莉花からの思いがけない告白に、伊蕗は耳を疑った。

「どうして驚いた顔をするんですか？」

二の句を継げない伊蕗である。次の瞬間、茉莉花を縦抱きにして持ち上げ、クルクルと回る。

「い、伊蕗さんっ」

動きを止めた伊蕗は、茉莉花の足を地面につけ、キスをした。

「茉莉花、明日にでも籍を入れよう。いや、金沢のご実家に許可をいただかなければいけない。連絡して、明日の日帰りでどうだろう？」

「結婚することは決まっているので、電話で報告するだけでいいかと。でも、入籍は手術が終わってからにしたいです」

籍を入れて、万が一手術で何かあった場合を考えてのことだ。

「茉莉花……どんなことがあっても君を支えると誓う。入籍は大事なことだから、ご家族に会いに行ったほうがいい。手術の件も電話で話しただけだろう？」

段取りを踏み、茉莉花の実家も大事にする伊蕗である。

「今、電話してみます」

スマホを……と考えたところで、リビングに置いたバッグの中だと、茉莉花が思い出す。

「リビングに置いてきちゃいました」

「俺のを使って」

伊蕗はポケットからスマホを出し、電話帳で茉莉花の実家の番号を出してから手渡した。

金沢の実家に着いたのは、電話をかけたその日の十八時過ぎだった。

日帰りでは大変だし、新右衛門と慎一郎に伊蕗と酒を飲みたいと言われ、ふたりは先ほどの数時間後に家を出て北陸新幹線に乗ったのだ。

突然来訪するふたりのために、急いで佐江子が料理をして、キッチン横のリビングのテーブルの上には、茉莉花の好きなポテトサラダはもちろんのこと、煮物や天ぷら、ちらし寿司などが並んでいた。

昼間、智也は友人と出かけていたが、ふたりが来ると母親から伝えられて帰宅し、全員が揃った。

「伊蕗さん。たいした料理はできませんでしたけど、どうぞ召し上がってくださいね」

「忙しくさせてしまい、申し訳ありません。いただきます」

並んで座る伊蕗と茉莉花の前には、輪島塗《わじまぬり》の夫婦箸が用意してあった。

「お母さんがお箸を買ってきてくれたの？」

尋ねると、佐江子が笑って首を横に振る。

「お父さんが買ってきてくれたのよ。珍しいこともあるわよね。お買い物は好きじゃないのに」

「いや。ふたりが来たときにと思ってね」

そう言って慎一郎は照れくさそうに笑った。

「伊蕗さん。お忙しいと思うけど、いつでも来てね」

「ありがとうございます。今日は手術の話と、結婚式を待たずに茉莉花さんを宝来の籍に入れさせていただきたく、ご承諾を」

「伊蕗くん」

飲んでいたお酒のグラスを置いて声をかけたのは、新右衛門だ。

「茉莉花は婚約した時点で、宝来家に嫁いだものと思っている。そんな承諾など、我々に聞かなくてもいいんだ」

「そうですよ。茉莉花のわがままで結婚式を一年延ばしてもらっているのだし、東京では頼れる伊蕗さんのおかげで、この子は幸せに暮らしています。感謝しかありませんよ」

そう言った佐江子は、伊蕗に食べてもらおうと、取り皿に煮物をのせた。

「姉ちゃんは幸せ者だよ。セレブでイケメンな夫って、なかなかいないぞ。縁を取り持ってくれた祖父ちゃんに感謝しろよな」

智也も二十歳になり、ビールを飲み、大人の仲間入りをしたつもりでいるようだ。

「言われなくたってわかってるんだからっ」

智也に向かって舌を出した茉莉花は、隣の伊蕗に顔を向けて微笑んだ。

食事中はビールを飲んでいたが、そのあとは焼酎になった。新右衛門と慎一郎は伊蕗と飲むのが楽しいようだ。

茉莉花は先に風呂に入り、出てきたときには父親がソファで眠っていた。

新右衛門は酒が強く、伊蕗もなかなかのもので酔いつぶれてはいなかったが、いつもはきりっとしている目尻が今は下がっている。

「さて、寝るとするか」

酒に強いとはいえ、立ち上がると新右衛門の身体が揺れ、茉莉花が支える。

「お祖父ちゃん、大丈夫？」

「大丈夫、大丈夫。慎一郎はそこで寝させておけ。じゃあ、伊蕗くん、茉莉花。おやすみ」

口調ははっきりしているが、身体をふらつかせている新右衛門は、上機嫌に部屋を出ていった。

「伊蕗さん、大丈夫ですか？　相当飲まされましたよね？」

智也は茉莉花が風呂に入る前に酔っぱらって、早々と自分の部屋に行ってしまった。

「酔ったよ。お祖父さまは強すぎる」

「お風呂はやめて、このまま寝たほうがいいですね」

茉莉花は伊蕗と並んで歩き、客間に案内する。何度も来ており、案内をされなくても伊蕗にはわかっているが。

障子をガラリと開けて、茉莉花は目を見張った。布団がふたつ並べて敷いてあったのだ。

「え……」

布団を敷いたのは茉莉花ではなく、佐江子だ。

「お母さん、わたしもここで寝ると思って……？」

「もう俺たちはすっかり夫婦だな」

戸惑う茉莉花を伊蕗は抱きしめ、唇を重ねる。キスはお酒の味がして、茉莉花まで酔ってしまいそうだ。実家でのキスは後ろめたい気持ちになってしまう。

「お水を持ってきますね。夜中に飲みたくなるかもしれないから」

伊蕗の腕が解けると、そう言って客間を出た。

キッチンへ行き、冷蔵庫からミネラルウォーターのペットボトルを手にして客間に戻ってみると、伊蕗はパジャマに着替えて、布団をかけずに横になって眠っていた。

煌々《こうこう》と灯るルームライトも気にならないほど、ぐっすりだ。初めて見る伊蕗の酔った姿に、茉莉花はなんだか嬉しくなった。

ローテーブルの上にペットボトルを置いて、伊蕗の身体に布団をかける。

この部屋で寝るか、二階の自分の部屋で寝るか迷った挙句、母親がせっかく布団を敷いてくれたのだからと、ルームライトの明かりを落として、伊蕗の隣の布団に横になった。


ぐっすり眠っていた茉莉花は、温かいものに抱き込まれ、ゆっくり意識が浮上する。

うっすらと目を開けた先に、伊蕗の顔があった。

「おはよう。もう七時だ」

伊蕗は目覚めた茉莉花の鼻に、ちょこんとキスを落とす。

「もう朝……。おはようございます」

抱き込まれたまま、眠気を堪えながらニコッと笑う。

「昨日は酔っぱらった。眠ったのを覚えていないよ。茉莉花が隣の布団で眠っていて驚いた」

(伊蕗さん、覚えていないんだ。酔っている感じには見えなかったけれど。どこまでも紳士なんだ……)

茉莉花は伊蕗の頬に手を伸ばした。

「綺麗な顔だから、髭《ひげ》が伸びているところなんて想像できなかったけれど、あるんですね」

「男だから、あるさ。綺麗な顔って、男に使う言葉か?」

伊蕗は茉莉花の手を持って、自分の頬を行ったり来たりさせる。手のひらのチクチクした感触に、茉莉花はクスクス笑った。

「起きよう。午前中に、お祖父さまの仕事を見学させてもらう約束をしたんだ」

「見学ですか?」

「ああ。ずっと見たいと思っていたんだ。今までは時間がなかったからね」

伊蕗は茉莉花の唇に軽くキスをしてから、身体を起こす。

「お祖父ちゃん、伊蕗さんが見ていたら張り切りますね。着替えてきます。お布団はこのままで。わたしが戻ってきたら片づけますから」

茉莉花も起き上がり、手を上げて伸びをひとつしてから、着替えのために二階の自室へ向かった。

翌日の月曜日。徒歩で会社に向かう途中、昨日のことを思い出していた。

朝食後、伊藤は新右衛門と慎一郎と共に窯場へ行き、茉莉花は自室の片づけをした。そして昼食を食べてから、金沢駅へ向かった。

北陸新幹線で帰宅する途中、茉莉花は伊藤から、智也が進路のことで悩んでいると聞いた。前からいろいろ考えていたようだが、実の姉よりも義理の兄を頼るんだと嫉妬する気持ちよりも、伊藤への尊敬のほうが大きい。

（まあ、わたしよりも伊藤さんのほうがずっと大人だし、人生経験もあるし、当然なんだけど）

智也が伊藤を慕ってくれるのが嬉しかった。

昨晩、東京へ戻ってから宝来家へ顔を出すと、道子が待ち構えており、リフォームの壁紙などの見本を見せられ、伊藤とふたりで決めた。

今週末からさっそくリフォームが始まる。この機会に、屋敷の他の部屋や水回りもリフォームすることになり、二週間ほどかかるらしい。

入籍と移り住む時期は、茉莉花の考えを尊重し、手術後になった。

月曜日の午後。撮影に使う花の手配をしていると、井川が茉莉花の横に立つ。

「おつかれ」

「おつかれさまです」

立ち上がろうとすると、座っているように告げられ、茉莉花は井川を仰ぎ見た。

「先ほど家元から電話があって、結婚式の披露宴に飾る花の協力を頼まれたよ。鳳花流の家元なのに、依頼されてびっくりだ。藤垣さんの好きな花をたっぷり使って、とのことだ」

(伊蕗さん、やることが本当に早い)

にっこりして、笑顔を井川に向ける。

「以前、麻布の披露宴会場の写真を見せたんです。とても気に入って、井川さんに頼もうって話していて。引き受けてくださいますか?」

「もちろんだよ！　ぜひやらせてほしい。会社の実績にもなるしね」

井川が小躍りしそうなくらい喜んでいるのを見て、友紀子が身を乗り出す。

「うちが藤垣さんの披露宴の装花を⁉」

「ああ。楽しみだろう？」

井川はワクワクしているようだ。

「鳳花流の方たちが出席されるんでしょう？　怖いですけど、藤垣さんのために頑張りたいですね」

友紀子も乗り気になって、井川から茉莉花に笑顔を向ける。

「井川さん、友紀子さん。よろしくお願いします」

茉莉花は立ち上がり、真面目な顔でふたりに頭を下げた。


それから約半月が経ち、七月初旬に茉莉花は伊蕗に付き添われて大学病院へ入院した。快適に過ごさせてやりたいと、伊蕗は個室を手配していた。

翌日、茉莉花は手術を受ける。ベッド横のイスに腰かけた伊蕗は、彼女の手を握る。

「昨日はよく眠れた？」

ベッドの上に上体を起こしている茉莉花は、不安そうだ。

「眠れたことは眠れたけど……やっぱり心配で――」

「心配にならないはずがない。でも大丈夫だ。西園寺先生に任せよう」

「はい。最初の病院で胸を開くと聞いたときには目の前が真っ暗になったけれど、伊蕗さんのおかげで別の方法で手術が受けられるのだから、頑張ります」

そこへドアが叩かれ、看護師が入室する。

「藤垣さん、採血をしますね。あとで西園寺先生と麻酔医から説明があります」

柔らかい口調の看護師に、茉莉花の緊張が少し和らいだ。

「はい。よろしくお願いします」

年配の看護師はテキパキと、茉莉花の腕から採血をして退出する。

そのあと、医師たちの説明を受け、伊蕗は夕方に帰っていった。


翌日は十時から手術で、その前に金沢から両親が上京し、手術前は賑やかになった。もちろん伊蕗は朝から来ており、香苗と道子も顔を出した。

「お祖父ちゃんも来たがっていたんだけど、なんといっても高齢だから」

佐江子は新右衛門が来ない理由を告げた。智也は大学だ。大事な試験の時期である。

「うん。わたしはお祖父ちゃんの身体のほうが心配よ。お父さんもお母さんも忙しいのに……」

「茉莉花は大事な娘だ」

慎一郎は手術を受ける本人より、緊張で顔がこわばっている。

道子と香苗が声をかけたとき、看護師に呼ばれた。

「茉莉花、頑張るんだよ。待っている」

伊蕗だ。平日だが、今日はずっと茉莉花に付き添うと決めていた。

「行ってきます」

茉莉花はみんなに挨拶をして、看護師と一緒に手術室へ向かう。

(怖いけど……その先には幸せが待っている)

手術室ではブルーの手術着姿の西園寺医師が、看護師や助手に指示を出していた。

「藤垣さん、頑張ろうね。健康な身体を取り戻そう」

「はい。西園寺先生、お願いします」

手術台に横たわり、不安に襲われるが、この医師に委ねるしかない。

麻酔が入れられ、茉莉花の意識がスーッと遠のいた。

手術は無事成功し、伊蕗をはじめ、みんなが安堵した。

傷も三年も経てば気にならなくなるだろうと、西園寺医師から説明を受けた。回復も順調だ。

数日後。茉莉花がベッドの上で小説を読んでいると、西園寺医師が現れた。

「藤垣さん、痛みはどう?」

イケメンの西園寺医師と話すたびに、看護師たちが彼を虎視眈々《こしたんたん》と狙っているのではないかと考えてしまう茉莉花だ。ナースステーションの近くを歩いているとき、みんなが西園寺医師の話できゃあきゃあと盛り上がっているのを目撃していたからだ。

「動いた拍子に少し痛むくらいです。先生、素晴らしい技術ですね」

「順調だね。明日退院していいよ。退院後、五日間くらいはゆっくりして」

明日で、入院してからちょうど一週間だ。

「はい。ありがとうございます」

茉莉花は笑みを浮かべる。個室は快適だが、やはり生活する場所は病院じゃないほうがいい。

「宝来さんも喜ぶね。毎日会いに来ている彼がイケメンだと、看護師たちの噂《うわさ》になっているよ」

「西園寺先生もイケメンです。看護師さんに大人気ですし。恋人は心配でたまらないと思います」

西園寺医師はフッと美麗な笑みを向ける。

「恋人はいないんだ。好きな女性はいるが、気づいてくれないんだよ。しょっちゅうからかっているんだが」

「えっ？　からかっているって、西園寺先生は小学生みたいですね。じゃあ、身近にいる人……看護師さんですか？」

イケメン医師の意外な告白だった。この医師なら、女性の扱いも手慣れたものだろうと考えていた。

「いや、ここの事務をしているんだ」

「ちゃんと言わないと、わからないのかもしれませんね。西園寺先生がみなさんにモテるだけあって」

女性慣れしている雰囲気があり、私生活でも女性との付き合いが絶えないのではないかと思っていた茉莉花だ。

（こうして話していても、真面目そうには……）

才能があって、顔のいい西園寺医師の好きな女性はどんな人なのだろうか。見てみたいとさえ感じてしまった。

「君たちもそうだったのかな？　彼はモテるでしょう？　鳳花流の家元だと聞いたよ」

「わたしたちも……そうでした」

伊蕗が本当に自分を好きなのかわからなかったときが、懐かしい。

「じゃあ、俺も頑張るとしよう。二週間したら診せに来て。看護師に予約を取るように言っておくから」

「ありがとうございました」

茉莉花がベッドの上で深く頭を下げると、西園寺医師は病室を出ていった。


翌日の水曜日、茉莉花は退院した。彼女のこれからの住まいは宝来家である。

ふたりは病院の帰りに区役所へ赴き、婚姻届を提出した。すぐに受理され、晴れて藤垣茉莉花から宝来茉莉花となった。

名字が変わったが、実感はない。それでもこれから伊蕗や道子と一緒に住むと思うと、いっそう身が引きしまる思いだ。

(わたしが伊蕗さんの奥さんに……)

出会って約四年半。苦しかったこともあったが、今となっては過去のことだ。

区役所を出たふたりは、宝来家の専用車の後部座席に乗って、自宅へ向かっていた。

ふたりの左の薬指には、プラチナの結婚指輪がはめられている。

「退院してすぐに区役所へ連れていったりして、すまなかった。痛みはない？」

涼しげな目に、心配そうな色を浮かべた伊蕗だ。

「ないです。すごい回復力だって、西園寺先生に太鼓判を押してもらいました」

茉莉花は彼の手に手を重ねて、にっこりする。

「よかった。今夜はふたりきりで祝おう」

「えっ……？　ふたりきりで……？」

首を傾げて、楽しそうな伊蕗を見つめた。

宝来家でふたりきりになれるところは部屋しかない。そのことを言っているの？と考える。

「母は今晩は香苗のところに泊まり、メイドたちにも休みを出してある。だから気を使わずにふたりでゆっくりできる」

「広いお屋敷なので、人がいてもゆっくりできます」

伊蕗がそんな計画を立てていたことに驚くが、自分のために道子が香苗のところへ行くことになってしまい、申し訳ない。

「いや。広くても、いるといないのとでは違う」

「伊蕗さん……」

「困った顔をするな。息抜きは必要だ」

眉をハの字にさせて困り顔の茉莉花に、伊蕗は重ねられた手をポンポンと叩いた。

屋敷のリフォーム中、何度か見に来たが、伊蕗の部屋や水回りは新築に見えるほど変わっていた。

壁紙は優しいペパーミントグリーンに蔦《つた》模様がうっすらと入ったクラシカルなもので統一され、伊蕗の部屋と隣の部屋を続き部屋にし、ドレッシングルームと書斎になっていた。そして、キッチンまでも作られていた。まさかキッチンがあるとは思ってもみなかった茉莉花は喜ぶ。

「伊蕗さんっ。まるでマンションの一室みたいですね」

はしゃぐ茉莉花に、伊蕗も目尻を下げる。

「キッチンがないと不便だと思ってね」

四人がけのテーブルも用意されていた。伊蕗は茉莉花を驚かせたくて黙っていた。

「ありがとうございます！」

茉莉花は跳ねるように部屋の中を見て回る。その姿に伊蕗も満足だ。

ベッドもキングサイズであることは変わらないが、ホテルのスイートルームのような豪華な雰囲気のものになっていた。

窓辺に置かれた、座り心地のよさそうなふたりがけのクリーム色のソファとローテーブル。その上にバラやカスミ草などが、ラウンド型のアレンジメントになって飾られている。

「伊蕗さん、素敵です。こんな部屋で生活できるなんて夢みたいです」

「こっちに来て。座ろう」

伊蕗は茉莉花の手を引き、クリーム色のソファに座る。

庭師が丹精込めて手入れをした庭園が望めて、老舗旅館に来たかのような錯覚をしそうだ。緑は青々としている。

「茉莉花、俺たちはもう夫婦になった。敬語はやめにしないか？」

「敬語を、やめに……」

ずっと敬語だったので、今さら難しい注文である。考え込んでしまう茉莉花に、伊蕗がやんわりと微笑んだ。

「ハードルが高かったか。では、ふたりのときだけでいい」

「はい。そうします！　じゃなくて、そうする……ね？」

「それでいい」

茉莉花の後頭部を引き寄せ、唇を重ねる。

「入籍祝いのプレゼントがある。ちょっと待っていて」

書斎へ行った伊蕗は、すぐに戻ってくる。手には赤いリボンがかけられた四角い箱を持っていた。

「俺の嫁さんになってくれて、ありがとう」

「ありがとう……わたしを甘やかしすぎですよ」

茉莉花は戸惑ったが、伊蕗への感謝の気持ちが溢れ、すぐに顔をほころばせる。

「ずっと甘やかしたい。君は俺を幸せにしてくれているんだ。だから、素直に受け取ってくればいい」

「伊蕗さん……」

プレゼントの箱を受け取って、伊蕗の首に抱きついた。

「開けてみて。気に入るといいが」

赤いリボンをスルスルと解き、ワクワクしながら箱を開ける。

中に入っていたのは、ハイブランドの時計だった。プラチナの台座にダイヤモンドが数えきれないほど施され、キラキラしている。はめるのが怖いくらい高級な時計だ。

数秒、唖然となってから、ハッとしたように横を向く。

「高級すぎます」

「君は宝来家の嫁だ。そして家元の妻なんだ。それ相応のものを持ってほしいと思っている」

伊蕗は箱から時計を取り出して、茉莉花の腕につけた。

「そうでした……わたしは家元の妻……。伊蕗さんが恥ずかしくないような妻になる努力をします」

「今のままでも、俺は恥ずかしいなんて思っていない。言っただろう？　甘やかしたいと。時計を贈ったのは、これから一緒に時を刻んでいこうという気持ちからだよ」

茉莉花は左腕の手首に視線を落とした。

（これから、わたしたちは一緒に時を刻む……）

「大切にします。本当にありがとう」

自分ほど、真綿に包まれているかのように大事にされている女性はこの世にいないだろう。伊蕗はそう思わせてくれる最高の人だ。

茉莉花は自分から顔を寄せて、伊蕗の形のいい唇にそっと口づけた。

「茉莉花からキスか。珍しいな。これからはもっと贈り物をして、積極性を養ってもらおうか」

真っ赤になっている茉莉花を茶化した伊蕗だった。

「疲れただろう。少し横になって休むといい。俺は隣で仕事の電話をしてくるから」

一週間ベッドに寝ていたせいか、体力がなくなっているのが否めない茉莉花は、素直に横になった。


数日後、佳加が茉莉花の元を訪れていた。

茉莉花が門で出迎え、屋敷に向かうまでの庭をふたりで歩いている。その間、佳加は開いた口が塞がらない。

「なんなのっ。都会のど真ん中に、こんな庭を持つ家があるなんて！」

「わたしも最初ここへ来たとき、びっくりしたっけ」

それは結納の日のことだ。緊張感から、佳加のように驚きを露わにはできずじまいだったけれど。

佳加は周りをキョロキョロと見ながら、茉莉花についていく。

屋敷の玄関に、圭子が待っていた。佳加に「いらっしゃいませ」と頭を下げる。

「あ、あの、お邪魔いたします。お義母さまですか。友人の茉莉花がお世話になっています」

佳加は圭子を義母と勘違いした。

「茉莉花さまがお世話になっております」

圭子は小さく微笑み、もう一度頭を下げる。

「茉……莉花……さま？」

「佳加、彼女はメイド頭の圭子さん。お義母さまのサポートもしていて、宝来家にはなくてはならない人なの」

茉莉花はサラッと説明して、ばつの悪そうな顔になった佳加に、玄関へ入るよう促した。

そこで今度は、本物の義母・道子が出迎えた。

ダイニングキッチンのテーブルに佳加を案内して、前もって用意していた紅茶を淹れる。

「客間だと落ち着かないと思って」

「すごいところの若奥さまになっちゃったんだね。もうびっくりだわ。それに、広すぎて迷子になっちゃいそう」

佳加はまだ目を丸くさせている。

「あ、お見舞いに行けなくてごめんね。お花はもらいすぎているだろうと思って、ケーキを買ってきたの」

「ありがとう。開けてもいい？　お見舞いのことは気にしないで。入院期間も短かったんだから」

数種類のフルーツがたくさんのったケーキを皿の上にサーブし、佳加の前に置く。

「体調はどう？」

「傷口がときどき痒《かゆ》くなるくらいで、もう問題ないの。明日から仕事に復帰できるくらいにね」

紅茶のカップもそれぞれの前に置いたところで、茉莉花は席に着く。

「もう仕事をするの？」

「何もしないで家にいるのもね。メイドさんが数人いるから、家でやることがほとんどないの」

「うわー。なんて羨ましい生活なのっ」

そう言ってから佳加は真面目な顔になり、「幸せなんだね。本当におめでとう」と祝福の言葉を口にした。茉莉花は、佳加が今まで見たことがないほどの幸せそうな笑みを浮かべて、「うん」と頷いた。

話が盛り上がっているところに、ドアがノックされて伊蕗が入ってきた。

「佳加さんだね、いらっしゃい。茉莉花の親友にずっと会いたいと思っていたよ」

仕事からの帰宅で、チャコールグレーのスーツ姿だ。

「お、お邪魔しています」

今まで元気に話をしていたのだが、伊蕗のあまりのイケメンっぷりに、恥ずかしそうに挨拶をする佳加だ。そして、心の中で羨ましさのため息を漏らす。

「伊蕗さん、おかえりなさい。早かったね」

「ああ。君の親友を食事に招待しようと思って、近衛に仕事を調整させたんだ」

「近衛さん、かわいそうに。でも、そう思ってくれて嬉しい」

普通の会話をしているふたりなのだが、佳加はそのラブラブっぷりに、『食事はいいです。今すぐ帰ります』と気を使いそうになった。

エピローグ

ふたりは誰もが羨む蜜月を過ごし、またたく間に時が過ぎていく。

そして翌年五月の大安吉日に、結婚式を挙げた。ちょうど前年の五月に華道展を開いた、朝倉ホテルでの挙式・披露宴だった。

衣装はとても豪華で、神前式では白無垢に綿帽子。披露宴では新婦によく似合うピンク地の色打掛と、お姫さまのようなウエディングドレス姿。新郎の伊蕗も、黒紋付に、白のフロックコートだった。

長身でスタイルのいい伊蕗は、招待客やホテルスタッフが見とれるほどのカッコよさだった。

披露宴会場は、入念にイメージの打ち合わせを重ね、たくさんの花が飾られた。オフィスＩＫＡＷＡの仕事である。茉莉花は入籍後もずっと仕事を続けていた。

たくさんの花の中でも、ふんだんに使用されたのはジャスミンだった。

このうえなく幸せそうな新郎新婦に、二百人もの招待客は絶えず当てられっぱなしの披露宴だった。

その夜。朝倉ホテルのスイートルームのソファに座り、伊蕗がシャンパンを開ける様子を茉莉花は見ていた。

ポン！と軽快な音をたてて栓が開き、伊蕗がシャンパングラスに液体を注ぐ。

ふたつ目のグラスに注ごうとしたとき、茉莉花が止めた。

「どうした？　シャンパンは好きだっただろう？」

「好きだけど、このシャンパンは伊蕗さんがひとりで飲んでね」

ニコニコしながらそう言うが、伊蕗は困惑気味だ。

「形だけ乾杯したいの」

「もしかして、体調が悪い？」

困惑が懸念に変わる。

茉莉花は隣に座る伊蕗にピタッと寄り添い、彼を仰ぎ見た。

「……伊蕗さん、パパになるの」

みるみるうちに、伊蕗の顔が最高の笑顔になる。

「本当なのか？」

「うん。二ヵ月よ。タヒチへ行ったでしょ。あのときかな……」

茉莉花の頬が赤らむ。

ふたりは前倒しで、タヒチへハネムーンに行っていた。開放感が溢れる海が美しいタヒチで、ゆったりと満ち足りたときを過ごしたのだった。

「茉莉花、ありがとう」

伊蕗はそっと茉莉花を抱き寄せる。

「お礼を言うのはわたしよ。伊蕗さんはいつもわたしを幸せにしてくれるもの」

「愛してる。君が現れた瞬間に、心は奪われていた。十八歳の君に」

「わたしたち、あのときに恋に落ちたんだね。乾杯しよう？」

茉莉花は伊蕗の手にシャンパングラスを持たせ、自分も少しだけ注いだグラスを手にした。

「乾杯。茉莉花、いつまでも愛してる」

ふたりは微笑み、シャンパングラスを重ねる。

静寂のスイートルームに、乾杯の美しい音色が響いた。

END

あとがき

こんにちは。若菜モモです。『次期家元は無垢な許嫁が愛しくてたまらない』をお手に取ってくださり、ありがとうございます。

初めて書籍を出させていただいてから、もうすぐ八年になります。日々執筆に追われているせいか、月日が経つのがとても早く感じられます。

さて、去年の十二月のことですが、作家の友人と話をしたときのこと。

「モモさんが話してくださったこと、忘れていません」と言われました。

ん？　わたしは何を言ったのだろう？

聞き返したら、「ヒーローに恋をしながら書くことです」と。

そうだ。そんなことをアドバイスしたのを思い出しました。いつものことなので、話したことをすっかり忘れていました。

わたしはいつもヒーローに恋をしながら執筆しています。そのほうが魅力的になると思うし、生き生きと描けるのではないかと思って。

去年は何人のヒーローに恋をしたのか。十人はくだらないと思います。なんて気の多いわたし（笑）。今年もたくさん恋をしたいと思っています。


今回のコンセプトは『和』です。

着物姿の伊蕗と茉莉花を見たくて、「カバーイラストはぜひ着物で」と編集さんにお願いしました。

想像通りの素敵なふたりです。描いてくださった七里慧先生、ありがとうございます。抱き上げられた茉莉花の表情がなんとも初々しく可愛いです。


最後に、この作品にご尽力いただいたスターツ出版のみなさま、いつも編集でお世話になっております三好さま、矢郷さま、ありがとうございます。これからもお身体に気をつけてよろしくお願いいたします。

デザインを担当してくださった根本さま、ありがとうございます。

この本に携わってくださったすべてのみなさまに感謝申し上げます。

二〇一九年三月吉日

若菜《わかな》モモ

若菜モモ先生への
ファンレターのあて先

〒104-0031
東京都中央区京橋1-3-1
八重洲口大栄ビル7F
スターツ出版株式会社　書籍編集部　気付

若菜モモ先生

本書へのご意見をお聞かせください

お買い上げいただき、ありがとうございます。
今後の編集の参考にさせていただきますので、
アンケートにお答えいただければ幸いです。

下記URLまたはQRコードから
アンケートページへお入りください。
https://www.berrys-cafe.jp/static/etc/bb

ベリーズ文庫

次期家元は無垢な許嫁が愛しくてたまらない

2019年3月10日　初版第1刷発行

著　　者　若菜モモ
　　　　　©Momo Wakana 2019
発 行 人　松島 滋
デザイン　カバー　根本直子
　　　　　フォーマット　hive & co.,ltd.
校　　正　株式会社　文字工房燦光
編集協力　矢郷真裕子
編　　集　三好技知（説話社）
発 行 所　スターツ出版株式会社
　　　　　〒104-0031
　　　　　東京都中央区京橋1-3-1　八重洲口大栄ビル7F
　　　　　TEL　出版マーケティンググループ　03-6202-0386
　　　　　（ご注文等に関するお問い合わせ）
　　　　　URL　https://starts-pub.jp/
印 刷 所　大日本印刷株式会社

Printed in Japan

乱丁・落丁などの不良品はお取替えいたします。
上記出版マーケティンググループまでお問い合わせください。
定価はカバーに記載されています。

ISBN 978-4-8137-0638-0　C0193

ベリーズ文庫 2019年3月発売

『お見合い婚　俺様外科医に嫁ぐことになりました』　紅《くれない》カオル・著

お弁当屋の看板娘・千花は、ある日父親から無理やりお見合いをさせられることに。相手はお店の常連で、近くの総合病院の御曹司である敏腕外科医の久城だった。千花の気持ちなどお構いなしに強引に結婚を進めた彼は、「5回キスするまでに、俺を好きにさせてやる」と色気たっぷりに宣戦布告をしてきて…

ISBN 978-4-8137-0637-3／定価：本体640円＋税

『次期家元は無垢な許嫁が愛しくてたまらない』　若菜《わかな》モモ・著

高名な陶芸家の孫娘・茉莉花は、実家を訪れた華道の次期家元・伊蕗と出会う。そこで祖父から、実はふたりは許婚だと知らされて…その場で結婚を快諾する伊蕗に驚くが、茉莉花も彼にひと目惚れ。交際0日でいきなり婚約期間がスタートする。甘い逢瀬を重ねるにつれ、茉莉花は彼の大人の余裕に陥落寸前…!?

ISBN 978-4-8137-0638-0／定価：本体640円＋税

『極上御曹司のイジワルな溺愛』　日向野《ひなたの》ジュン・著

仕事人間で彼氏なしの椛は、勤務中に貧血で倒れてしまう。そんな椛を介抱してくれたのは、イケメン副社長・矢嶌だった。そのまま彼の家で面倒を見てもらうことになり、まさかの同棲生活がスタート！　仕事に厳しく苦手なタイプだと思っていたけれど、「お前を俺のものにする」と甘く大胆に迫ってきて…!?

ISBN 978-4-8137-0639-7／定価：本体650円＋税

『愛育同居～エリート社長は年下妻を独占欲で染め上げたい～』　藍里《あいさと》まめ・著

下宿屋の娘・有紀子は祖父母が亡くなり、下宿を畳むことに。すると元・住人のイケメン紳士・桐島に「ここは僕が買う、その代わり毎日ご飯を作って」と交換条件で迫られ、まさかのふたり暮らしがスタート!?　しかも彼は有名製菓会社の御曹司だと判明！「もう遠慮しない」――突然の溺愛宣言に陥落寸前!?

ISBN 978-4-8137-0640-3／定価：本体630円＋税

『ベリーズ文庫 溺甘アンソロジー2 極上オフィスラブ』

「オフィスラブ」をテーマに、ベリーズ文庫人気作家のあさぎ千夜春、佐倉伊織、水守恵蓮、高田ちさき、白石さよが書き下ろす魅惑の溺甘アンソロジー！　御曹司、副社長、CEOなどハイスペック男子とオフィス内で繰り広げるとっておきの大人の極上ラブストーリー5作品を収録！

ISBN 978-4-8137-0641-0／定価：本体660円＋税

タイトル、価格等は変更になることがございますのでご了承ください。

ベリーズ文庫 2019年3月発売

『次期国王はウブな花嫁を底なしに愛したい』　真崎《まさき》奈南《なな》・著

小さな村で暮らすリリアは、ある日オルキスという美青年と親しくなり、王都に連れて行ってもらうことに。身分を隠していたが、彼は王太子だと知ったリリアは、自分はそばにいるべきではないと身を引く。しかしリリアに惹かれるオルキスが、「お前さえいればいい」と甘く迫ってきて…!?

ISBN 978-4-8137-0642-7／定価：本体630円＋税

『異世界平和はどうやら私の体重がカギのようです～転生王女のゆるゆる減量計画！～』　友野《ともの》紅子《こうこ》・著

一国の王女に転生したマリーナは、モデルだった前世の反動で、食べるのが大好きなぽっちゃり美少女に成長。ところがある日、議会で王女の肥満が大問題に。このままでは王族を追放されてしまうマリーナは、鬼騎士団長のもとでダイエットを決意。ハイカロリーを封印し、ナイスバディを目指すことになるが…!?

ISBN 978-4-8137-0643-4／定価：本体640円＋税

『転生王女のまったりのんびり!?異世界レシピ』　雨宮《あまみや》れん・著

カフェを営む両親のもとに生まれ、絶対味覚をもつ転生王女・ヴィオラ。とある理由で人質としてオストヴァルト城で肩身の狭い暮らしをしていたが、ある日毒入りスープを見抜き、ヴィオラの味覚と料理の腕がイケメン皇子・リヒャルトの目に留まる。以来、ヴィオラが作る不思議な日本のお菓子は、みんなの心を動かして…!?　異世界クッキングファンタジー！

ISBN 978-4-8137-0644-1／定価：本体630円＋税

ベリーズ文庫 2019年4月発売予定

Now Printing

『俺に絶対に惚れないこと』 滝井《たきい》みらん・著

OLの楓は彼氏に浮気をされバーでやけ酒をしていると、偶然兄の親友である遥と出会う。酔いつぶれた楓は遥に介抱されて、そのまま体を重ねてしまう。翌朝、逃げるように帰った楓を待っていたのは、まさかのリストラ。家も追い出され心労で倒れた楓は、兄のお節介により社長である遥の家に居候することに…!?

ISBN 978-4-8137-0654-0／予価600円＋税

Now Printing

『スウィートなプロポーズをもう一度』 夢野美紗《ゆめのみさ》・著

OLの莉奈は彼氏にフラれ、ヤケになって行った高級ホテルのラウンジで容姿端麗な御曹司・剣持に出会う。「婚約者のフリをしてくれ」と言われ、強引に唇を奪われた莉奈は、彼を引っぱたいて逃げるが、後日新しい上司として彼が現れ、まさかの再会！　しかも酔った隙に、勝手に婚姻届まで提出されていて…!?

ISBN 978-4-8137-0655-7／予価600円＋税

Now Printing

『先輩12か月』 西《にし》ナナヲ・著

飲料メーカーで働くちえはエリート上司・山本航に密かに憧れている。ただの片思いだと思っていたのに「お前のこと、大事だと思ってる」と告げられ、他の男性と仲良くしていると、独占欲を露わにして嫉妬をしてくる山本。そんなある日、泥酔した山本に本能のままに抱きしめられ、キスをされてしまい…!?

ISBN 978-4-8137-0656-4／予価600円＋税

Now Printing

『俺様ドクターと極上な政略結婚』 未華空央《みはなそらお》・著

家を飛び出しクリーンスタッフとして働く令嬢・沙帆は、親に無理やり勧められ『鷹取総合病院』次期院長・鷹取と形だけのお見合い結婚をすることに。女癖の悪い医者にトラウマをもつ沙帆は、鷹取を信用できずにいたが、一緒に暮らすうち、俺様でありながらも、優しく紳士な鷹取に次第に惹かれていって…!?

ISBN 978-4-8137-0657-1／予価600円＋税

Now Printing

『意地悪御曹司とワケあり結婚いたします～好きになったらゲームオーバー～』 鳴瀬菜々子《なるせななこ》・著

平凡なOLの瑠衣は、ある日突然CEOの月島に偽装婚約の話を持ち掛けられる。進んでいる幼馴染との結婚話を阻止したい瑠衣はふたつ返事でOK。偽装婚約者を演じることに。「俺のことを絶対に好きになるな」と言いつつ、公然と甘い言葉を囁き色気たっぷりに迫ってくる彼に、トキメキが止まらなくて…。

ISBN 978-4-8137-0658-8／予価600円＋税

タイトル、価格等は変更になることがございますのでご了承ください。